# 一遍踊って死んでみな

白蔵盈太
SHIROKURA Eita



文芸社文庫

目次

# プロローグ

「ヒロ、必要なのは『南無阿弥陀仏《なむあみだぶつ》』だけさ。それ以外は何もいらない」

一二八〇年六月三〇日。あの日、踊り念仏のステージの上から、一遍《いっぺん》は汗ばんだ手を差し伸べ、私にそう声をかけてくれた。

そしてその時、現代から鎌倉時代にいきなりタイムスリップし、生きる希望を失っていた一八歳の私の目の前に、極楽浄土へと続く一本の白い道が開かれたのだ。

一遍は言う。

「極楽浄土に生まれ変わるには、臨終の瞬間に安らかに念仏を唱えてなけりゃいけないとか、清らかな心で念仏を一万遍唱えなきゃならないとか、そんなふざけたことを言うような坊さんもたしかにいるよ。でも俺に言わせれば、それはあまりにも阿弥陀仏の本願を馬鹿にしているね」

そう熱く語る一遍の表情は、真剣そのものだ。

停滞した当時の仏教シーンに対する激しい怒りをぶつけるその姿は、普段の物静かな彼からは想像もつかない。それは、自らが仏教界のニューウェーブとなり、新たな信仰の地平を切り開こうとするがゆえの葛藤であると私には感じられた。

「ヒロ、君は無量寿経《むりょうじゅきょう》は読んだかい？」

申し訳ないが、まだ読んでないと私が答えると、一遍は嬉しそうに言った。

「だったらぜひ一度、君も読むべきだね」


「無量寿経によると、阿弥陀如来《にょらい》はかつて法蔵菩薩《ほうぞうぼさつ》だった時代に、すべての衆生《しゅじょう》を絶対に救うんだと決意して四八の誓願を立てたんだ。その中でも、一番重要な誓いは一八番目さ。それは『念仏を唱えてくれた衆生を一人残らず極楽往生させられなかったら、自分も悟りを開いて如来にはなったりはしない』っていう、とてつもない誓いなんだ」

その話を私は、実はもう何度も一遍から聞かされている。

阿弥陀仏が立てた四八の誓いの一八番目――数ある誓いの中でも最も尊いものなので「王本願」とよばれる――のことを語る時、一遍はいつも、まるで子供のような生き生きとした目になる。

「その誓いを立てた時の法蔵菩薩は、やれ、清らかな心で唱えなきゃ極楽に連れて行かないとか、やれ、臨終の時に念仏を唱えてなきゃ無効だとか、そんなケチ臭いことはひとつも言っちゃいないのさ。それなのに俺たち人間が、後付けで勝手に小賢しい解釈を付け足して、せっかく法蔵菩薩が用意してくれている極楽浄土への道をわざわざ狭くしている。こんなくだらないことはないだろ？」

一遍は、彼のトレードマークでもある踊り念仏があまりにも有名になりすぎたゆえに、女犯《にょぼん》の罪障すら厭わず、酒も平気でがぶがぶ飲んで騒ぎを起こす、ダーティーな破戒僧であるといった誤解も根強い。

だが、実際に私の目の前にいる一遍はとても思慮深く、シャイな男性だ。

彼が、そのワイルドなルックスと口調からは予想もつかないほどの深い学識と知性を身に付けていることに、私はこれまで何度も驚かされてきた。

「いいかいヒロ。遠い昔、法蔵菩薩は見事にこの四八の誓いを達成して、悟りを開いて阿弥陀如来になった。つまり、念仏に込められた阿弥陀如来の力はそれだけ強力だってことなんだ。たった一度唱えただけで、衆生を一人残らず極楽往生させてしまう。『南無阿弥陀仏』の六文字にはそれくらいの力があるのさ」

え？　真面目に唱えなくても、たった一回唱えるだけでもいいのかい？　と私が半信半疑で尋ねると、一遍は胸を張って嬉しそうに答えた。

「ああ。別に阿弥陀仏のことをひとつも信じていなくたっていい。唱えるのはたった一度だけでもいい。君が『南無阿弥陀仏』と唱えた瞬間にはもう、君は阿弥陀仏の広大無辺の力によって、極楽浄土に生まれ変わることが勝手に約束されている」


そんな都合のよすぎる話があるかよ、どれだけ優しすぎるんだよ阿弥陀仏と、その話を初めて聞いた時の私は心の中で、一遍の言葉を鼻で笑ったものだ。

だが結局、一八歳の時に一遍に差し伸べられた手を摑んだ私は、それから九年間、ずっと彼の遊行《ゆぎょう》に同行して、その偉大なる行跡をすぐ間近で見守り続けることになる。そう、私はまるで、心を奪われたバンドの全国ツアーを追っかけ、共に旅をして回る熱烈なファンのようなものだった。

そして、一遍がその長い旅路の果てに五一歳の生涯を終えたあとも、私は一遍から受け取った熱い何かを消化することができぬまま、その何かを胸の内にくすぶらせながら生き続けている。

一遍がこの世を去って、もう一〇年になる。

私が一遍と共に過ごした期間よりも、一遍がこの世を去ってからの期間のほうがすでに長くなってしまった。

だが、一遍から教わった阿弥陀仏の広大無辺の慈悲は、もはや私の心の奥深く、最も重要な一部となってしまった。彼と出会ったばかりの頃に抱いたような、阿弥陀仏の慈悲を疑うような気持ちはもう微塵も残っていない。

かつて私は一遍に、心からの感謝を込めてこう言ったことがある。

私はあなたに出会うまで、人生なんてくだらない、どうせ生きていても何の意味もないと言って、賢いふりをして斜に構えていた。

でも、あなたに会って阿弥陀仏のことを教わり、この世もまんざら捨てたものではないと考え方が変わった。いまでは素直に、自分に与えられた人生を全うしようと思えるようになった。あなたには本当に感謝していると。

だが、私のそんな言葉に対して、一遍は笑ってこう答えたのだ。

「ヒロ、それは俺の力なんかじゃない。阿弥陀仏は最初からヒロを救うつもりで、あの日、ヒロの目の前に俺を導いてくれたのさ」

そう。一八歳のあの夏。東北の片田舎に組まれた踊り念仏のステージ。

その上から私に向かって一遍が差し出したその手は、阿弥陀仏が私を極楽浄土に拾い上げるための、救いの手だったのかもしれない。

# Chapter.1　戦慄の踊り念仏

## 突然のタイムスリップ

まず最初に、私自身のことを少しだけ語っておかねばなるまい。

私の名前は佐々木《ささき》弘之《ひろゆき》。鎌倉時代に飛ばされた時の年齢は一八歳。

それまでの私は、岩手県の北上市で暮らしていた。音楽が大好きであることくらいが特徴の、日本中のどこにでもいる平凡な高校生だった。

そんな私は五月のある日の夕方、いきなり鎌倉時代にタイムスリップした。

一人で下校する途中、急に空に黒い雲がたちこめ、ゴロゴロと雷が鳴りはじめた。季節外れの夕立かと思って、私が少しだけ小走りになった瞬間、ドカンという轟音と共に全身に衝撃が走った。ああ、雷が落ちたんだなと理解するのと、私の意識がぷつりと切れるのがほぼ同時だった。

気がついたら、私は無傷で鎌倉時代にいた。目を覚ました場所は、周囲に人家もなく、ただ一本の泥道が通っているだけの誰もいない野原だった。

そんな所にいきなり放り出されて、なんで自分が鎌倉時代にいるとわかったのかというと、携帯に一二八〇年五月一〇日と表示されていたからだ。

なぜ私の携帯が、タイムスリップした先の日付を正確に表示していたのかはまったくわからない。ただ、私がこの時代に飛ばされた一年くらいあとに、九州に二度目の元寇がやってきたというニュースを耳にしたので、理由はともあれ、少なくともその携帯の日付が正しかったことは間違いないと思う。

その日にたまたま日本史と古文の授業があって、カバンの中に教科書と資料集が入っていたことは、私にとって最大のラッキーだった。それまで真面目に読むことなどほとんどなかった日本史と古文の教科書と資料集は、その日から私にとっての命綱となった。

その後の私が、この過酷な鎌倉時代をいかにして生き延びたのかについては、詳しく語り始めたら本が軽く一冊できてしまうので多くは語らない。

簡単に言ってしまえば、私はたまたま通りかかった近くの寺に転がり込んだのだ。

それはなんの考えもなしに選んだ行動だったが、結果的には一番の正解だった。あとになって知ったのだが、鎌倉時代の寺という場所は、行き場を無くした人間が転がり込む、最後のセーフティネットのような存在だったからだ。

どんな問題を抱えた、どんな得体の知れない人間であろうとも、この時代の寺は、転がり込んで助けを求めてきた人間を見殺しにすることはまずない。とりあえず身柄を引き受けて、飯を食わせてくれる。

寺に逃げ込んだ人間は、世間的には死んだものと見なされる。だから重罪人だろうが、村を追い出された問題児だろうが、寺に身柄を預ければもう、それ以上は罪に問われることはない。

その代わりその道を選んだが最後、その後は一切、社会との関わりを持つことができなくなる。これまでの人生をすべて捨て、肉食も女色も諦め、ただ仏に身を捧げるだけの味気ない第二の人生を送るわけである。

言うなればこの時代の寺というのは、生活困窮者の保護施設と終身刑の刑務所が合体したような存在で、どうしても死にたくない時に選ぶ最後の手段であった。そんな事情をひとつも知らずに、まったくの偶然でその道を選んだことで、私はこの過酷な時代でなんとか生き延びることができたのである。

現代日本語と古文は使う単語が大きく異なっている。それに実際に鎌倉時代に来てみてわかったが、現代と鎌倉時代では文字が同じでも発音がかなり違う。ましてや、ここは岩手県だ。

出会った人は皆、私の祖父母よりもはるかに強烈な東北訛りがあって、言葉はほとんど通じなかった。その時私が着ていた学ランは、素材といい形といい、彼らにしてみたらさぞ珍妙なものに映ったろう。

それで、私は異国からの漂流者だと勘違いされたようだった。寺の住職はいかにも人のよさそうな老人で、いきなり現れた余所者に大いに戸惑いつつも、腹を空かせて倒れそうになっていた私にとりあえず食事と寝床を与えてくれた。

この住職に見捨てられたら、私は確実に死ぬ。

すぐにそう理解した私は、努めて感じよく住職に接し、翌日からは自分から申し出て薪割りや畑仕事などを積極的に手伝った。最初のうちは不慣れで逆に仕事を増やしているようなものだったが、善良な住職はそんな私のことを、少なくとも悪い奴ではないと判断してくれたらしい。それで私は、住職の厚意に甘えるようなかたちで、そのままこの寺に住みつくことになった。

この時代に来て私が何よりも驚いたのは、皆が皆、小六か中一かというくらいに身長が低いことだ。その中で身長一七三センチの私は、かなり背が高い部類に入る。

どこからともなく現れた謎だらけの長身の私は、すぐに近所の村人たちから「天狗」と呼ばれるようになった。村人たちは最初のうちこそおっかなびっくり私に接していたが、村人の尊敬を集める住職が私のことを大事にしてくれたおかげで、少しずつ打ち解けていくことができた。

数か月すると、私の呼び名は「天狗」から「ヒロ」という愛称に変わった。

## 鎌倉時代の暮らし

私の、鎌倉時代における新しい人生が始まって三か月が経った。

岩手県北上市——この時代の呼び名では陸奥国《むつのくに》江刺《えさし》——の地で、私がこの時代に順応して、なんとか死なずに生きていける目途は立ちつつあった。

坊主頭になるのには抵抗があったが、この先もこの時代で生きていくためには、この寺に住み着くしか方法はない。私は住職の勧めに応じてやむなく出家し、これで今後もずっと、生活に必要な衣食住は保証された。

ほぼ何も聞き取れない強烈な東北訛りも、「～けり」とか「～なり」といった古文の授業で出てくるような言葉も、古文の教科書を参考にしつつ身振り手振りで必死でコミュニケーションを取るうちに、最近では日常会話なら不自由なくこなせるレベルまで使いこなせるようになっている。

ただ、彼らの言葉をそのまま書き記してしまうと、現代人にはまったく意味不明なものになってしまう。そこで、ここで私が書く彼らの言葉は、すべて私が大幅に意訳して、現代語ふうに言い換えたものであることを最初にお断りしておく。

それと、一遍の言葉がなんとなく音楽雑誌のインタビュー記事っぽくなってしまっているのは、単なる私の癖なので大目に見てほしい。

私は音楽が大好きで、現代にいた頃には、いろんな音楽雑誌や音楽に関するネットの記事を探してきては、片っ端から読み尽くしていたような高校生だった。そのせいで、いざ自分が一遍について何か文章に残そうと硯と筆を執った時、読み慣れた音楽雑誌の書きぶりがどうしても勝手に出てきてしまうのだ。

それに実際、一遍の言葉はどこかミュージシャンっぽさがある。

難しい仏教用語の意味や、鎌倉時代の言葉の細かいニュアンスは私にはよくわからない。だから私は一遍と会話する時はいつも、彼が語る言葉を聞きながら、

「これって、尊敬するアーティストの曲を、自分なりにアレンジしてカバーしたようなものかな？」

「いまの話、バンドが音楽性の違いから解散したって話とよく似てるな」

などと、自分がよく知っている音楽の話に置き換えて理解していた。そうするだけ

で、なじみのない仏教の話が自然と頭に入ってくるのだ。

少しだけ言い訳すると、いちおう私も最初のうちは、一遍の言葉をできるだけ正確な現代語の形で書き残そうとしてはみたのだ。だけど私の貧弱な国語力では、そういった堅苦しい気持ちで文章を書くと、どうしても下手くそな読書感想文みたいになってしまう。

それならば逆に、積極的にバンド用語などを使って大胆に意訳して書いたほうが、一遍が意図するニュアンスをむしろ正確に現代人に伝えられるのではないかと思い、それでこういう奇妙な書きぶりにしている。鎌倉時代の人間がまさかカタカナ語を話すわけがなく、本書の一遍の言葉が、実際に本人がそんなことを言ったわけではないことは、普通に考えればすぐにおわかりいただけるとは思う。

私は別に歴史の専門家でも、仏教の専門家でもない。

私が共に人生を過ごし、多大な影響を受けた一遍という熱い男の考え方や人柄を、現代の人にも伝えたいと願っているだけのただの一般人だ。専門家から見たら実にバカバカしい内容であることは、平にご容赦いただきたい。

それにしても人間とは、なんと欲深い生き物なのだろう。暮らしぶりが落ち着いて目の前の生命の危機が去ると、私は次第に鬱屈しはじめた。

その理由は、生きがいの欠如だ。

現代人の感覚で言うと、鎌倉時代の人間というのは本当に「ただ生きているだけ」なのである。それが私には本当に耐えられなかった。

この時代には味噌も醬油もない。京都の貴族や上級の武士は食べているのかもしれないが、こんな東北の寒村にそんな文化的なものが存在するわけがない。調味料は塩だけだ。日本で暮らしているというのに、和食が無性に恋しい。

薪がもったいないので、日が暮れたら毎晩、早々に火を消してすぐに寝る。

つまり夜の六時頃から翌朝六時頃まで、ずっと真っ暗である。毎日が過酷な力仕事の連続なので、現代にいた頃と比べたら疲労で格段によく眠れるが、これだけ夜が長ければさすがに途中で目が覚める。

ある時私は村の若い男に、あまりにも夜中が暇すぎると愚痴を言った。それで皆は眠れない時は何をしているのかと尋ねてみたら、男は笑って答えた。

「そんなもの、子作りと夜這いに決まってるじゃないか。その点ヒロは出家しているから可哀想だな」

そう。この時代は一日の約半分を暗闇が占めていて、その中でやれることと言えばもう、それくらいしかないのである。

それに、一五、六歳にもなればもう大抵が結婚している。現代でいえば中学か高校生くらいの、やりたい盛りの若い男女がそんな状況に置かれれば結果はわかりきっていて、どの夫婦にも子供が一〇人くらい生まれるのが普通だ。

しかもこの世界には、スイッチを押せばすぐに点灯する明かりが存在しない。だから夜這いをかけても、相手の夫に気づかれる危険性がとても低かった。それで、誰もが実にカジュアルに夜這いをやっていた。

男も女も、寝取った側も寝取られた側もお互い様。腹が立つなら同じことを相手にやり返せばいい、くらいのアバウトな感覚が当たり前で、たとえ暗闇の中で何が起こっても、互いに知らないふりをするのが男女の暗黙のルールだ。

真っ暗で相手の顔すらろくに見えない状態なのだから、どんなに問い詰めたところで、どうせ真実など誰にもわかりはしないのだ。


そもそも、血筋を重んじる貴族や武士であればまた話は違うのだろうが、村中ひっくるめて一つの家族のようなこの小さな村において、この子の親は誰かなどということを、いちいち気にする意味はほとんどない。

子供も数人目までは、親のほうにも初々しい気持ちがある。

だが、これが一〇人目くらいの子になってくると、愛情の有無とは別の問題として、親のほうもさすがに新鮮味が薄れてくる。

しかも、それだけ多くの子供が生まれたところで、結局のところ五歳を過ぎるまで生きられる子は数えるほどしかいないのだ。

私が暮らしていたのは村で唯一の寺だったので、村の葬式はすべて住職と僕で執り行っていた。そのほとんどは年端も行かぬ子供のものだ。

葬式といっても、ちゃんとした火葬場などあるわけもない。村のはずれに丸太を組んで、そこに赤子や幼子の亡骸を置いて焼くだけだ。正直、最初の頃はあまりにも痛ましくてとても直視できず、私は実の親よりも激しく泣いてしまったものだが、何しろそれを月に三回か四回はやらされるのである。すぐに日常の一部となって、ほとんど何も感じなくなってしまった。

とてつもなく人の命が軽いこの時代、幼子にいちいち愛情を注ぎすぎてしまうと、とても親の心が持たない。昔の人たちが「七つまでは神のうち」といって、それより幼い子供は死ぬのではなく、神様の状態に戻るだけなのだと見なしていた意味を、私はこの時代に来て初めて理解した。

結果として、村の人たちは子供の出生に対して良く言えば大らか、悪く言えば妙に冷めたところがあった。

一〇人生まれて七人がすぐ死ぬような家族の中に、一人や二人、父親の顔と全然似ても似つかないのがいたところで、どうでもよくなるらしかった。

## 音楽欠乏症

さて、生活のために出家してしまった私には、この退屈な時代でほぼ唯一と言っていい娯楽である、性的なあれこれも期待できない。

空腹は最大の調味料とはよく言ったもので、食事の味気なさはそれでもまだ我慢できた。私にとっての最大の苦しみは、ここには音楽がないということだ。

思春期の私の、心の渇きを癒してくれた音楽。

果たして自分は何者なのか。この先の人生には一体何が待ち受けているのか。この年頃に特有の、漠然とした不安と焦燥感にどこか息苦しさを感じながら、高校生だった私は、ただ学校と家を往復するだけの単調な毎日を送っていた。

そんな私にとって、音楽だけが真の友であり、心の支えだった。

毎晩のようにヘッドホンをつけて脳髄を重低音で満たし、激しいリズムに合わせて一人で身体を揺すった。爆音に身を委ねている間だけは、たいした才能もなく、特別な何者でもない己の不甲斐なさを忘れ、自分はここにいてもよいのだという、根拠のない自己肯定感を得ることができた。

だが、当然ながら鎌倉時代にそんな音楽は存在しない。

ドラムも、ギターも、ベースもキーボードもない。楽器といえば、何十年も昔に作られたような古びた大太鼓が村の社に一個あるだけだ。その大太鼓は祭りの時だけ使われるのだが、村の若い男が叩くその太鼓のリズムも、まるで木魚のように単調でなんの面白味もなかった。

私にその太鼓を貸してみろ、せめて8ビートの叩き方をお前らに教えてやると、私はその太鼓を叩かせてくれるよう必死で頼み込んだ。しかし村人たちは、これは村に古くから伝わる神聖な太鼓なんだ、よそ者に触らせるわけにはいかないと言って取り付く島もなかった。

私の欲求不満は、頂点に達した。

毎晩のように私は、住職が眠ったのを確かめると寝床から這い出して、現代にいた時、体に染みつくほどに何周もエンドレスで聞き続けた曲を脳内で再生させながら全力で体を揺すった。時々こうやって記憶を呼び起こしておかないと、頭に残った現代の楽曲の記憶がどんどん色褪せていってしまいそうな気がして、それが何よりも恐ろしかった。

この頭の中に残っている音が、私の中に残された唯一の希望だった。それは失われてしまったが最後、もう二度と聞くことはできない。

エレキギターの歪んだ音色、ベースのうなり、ドラムが刻む激しいリズム――その一つ一つを絶対に覚えておくんだ、決して忘れてなるものかと、私は必死に海馬を働かせながら、記憶の中にある聞き慣れた曲を何度も何度も脳内で再生させた。

だが、頭の中の楽曲に合わせて夢中で体を揺らしていても、ふとした瞬間に急に冷めたように我に返ってしまう。それで体を止めて周りを見回すと、暗闇の中から聞こえてくるのはいつも、現代とは比べ物にならないほどに騒々しい虫と蛙の鳴き声だけだ。

虫の声も蛙の声も、やたらうるさいのに、なぜか静かでもある。その底知れない静寂に、私はひたすら悲しくなった。


現代にいた時の私は、まだ社会の何たるかもろくに知らないくせに、意味もなく斜に構えては、上から目線で偉そうに音楽を語っていた。

テレビやネットを眺めていると、無数の新曲がほぼ日替わりのようにリリースされ、消費しきれないほど大量に流れてくる。だが、それらの楽曲が私の心に刺さることはほとんどなかった。

そのことに私は憤慨し、世間でヒットしている曲に対して「魂がこもっていない」「嘘つきの曲ばかりが高く評価される」と嘆いては、「この世は馬鹿だらけ」などと一人でブツブツと毒を吐いていた。なんのことはない、それは私の趣味嗜好が世間一般と少しずれていただけのことだったのだが——ある程度の年齢になって冷静に思い返すと実に恥ずかしい。

そんなわけで現代にいた時の私は、独りよがりな自分の願望を満たしてくれる楽曲に出会えることもなく、次々と登場する有象無象の曲たちを聞いては鬱憤を溜め込むばかりの日々を送っていた。

だが、そんな鬱屈した日常も、いまとなっては実に贅沢な話だ。

鎌倉時代に転生した私は、野垂れ死にしないために坊主になり、ただ毎日を死なないためだけに、退屈な日々の務めをこなして漫然と生きている。

自分の存在を認めてくれる唯一の希望であった音楽は、もうない。

頂点に達した私の欲求不満は、もはや永遠に満たされることはないのだ。

## 一遍との出会い

一遍が村にやってくるというニュースが届いたのは、私がこの鎌倉時代にタイムスリップして三か月ほどが経過した、夏の盛りのことだった。

「イッペン？　誰それ」

大騒ぎする村人に話を聞いてみると、その人物はとても徳の高い坊さんで、全国を巡る遊行の旅の途中に、たまたま我々の村に立ち寄ろうとしているのだという。寺の住職も、これは大変なことだと言って右往左往している。

なんでまた、この江刺のような岩手の片田舎にそんな有名な坊さんが来るんだ？と私が尋ねたら、住職は山のほうを指さして言った。

「一遍上人《しょうにん》のお祖父《じい》様のお墓が、あそこにあるからだ」

その墓のことは、私も村人たちから何度か話を聞いたことがあった。六〇年ほど前に死んだ、河野《こうの》ナントカという武将の墓だという。伊予国《いよのくに》の人だということなので、愛媛県の出身ということか。

「あそこの墓に眠っているのは、源義経公と共に戦って平家を滅ぼした水軍の大将なんだ。だが、その後の承久の乱では上皇様の側について戦って負けてしまった。それで罪人になって、はるばるこの地まで流されてきた」

源平合戦は、この時代の人にとってはまだ百年ほど前の出来事にすぎない。彼らの祖父母か曾祖父母の代の話であり、人々の間に残っている伝承も生々しい。

私も実際に以前、その河野という武将の墓に行ってみたことがある。墓といっても墓標もないただの土盛りで、我々の言い伝えが途切れたらきっと、そこが人の墓であることすら永遠に忘れ去られてしまうだろう。

それにしても、源義経の仲間だった武将の孫が、なんでまたそんな全国を行脚《あんぎゃ》する坊さんなどになっているのか、事情はよくわからない。ただ、理由はともかく、これはこの村にとってはとてつもない大事件だった。

代わり映えのしない毎日が永遠に続き、ほとんど事件らしい事件もないこの草深い田舎の村にとって、有名な坊さんが遠くから訪ねてくるなどというのはもう、村の伝説として末代まで語り継ぐような一大イベントなのだ。

「なんでも、一遍様は『踊り念仏』というのをなされるらしい」

村人から興奮気味にそんな噂話を聞いた私は、なんとなく引っかかるものを感じた。どこかで聞いたような記憶がある言葉だ。

私は普段、現代から持ち込んだ日本史の教科書と資料集を、絶対に村人に見つからないよう厳重に隠している。それをこっそりと取り出し、鎌倉時代について書かれたページをめくってみた。すると〈鎌倉時代の新仏教〉の項にその名はあった。

一遍は、すべての人が救われるという念仏を広めるべく、念仏札を配り、踊り念仏を行いながら全国を布教して回った。その平易な教えは地方の武士や庶民を中心に広く浸透し、時宗《じしゅう》と呼ばれた。

なんと、教科書に出てきた歴史上の人物が、私のところにやってきた。

日本史の資料集には、踊り念仏の説明文とともに「一遍上人《いっぺんしょうにん》絵伝《えでん》」という絵巻物の画像が掲載されていた。その絵には、壁がなく柱と屋根だけがある作りかけの小屋のようなステージの上で、ぎゅうぎゅう詰めの状態で踊る何人もの僧たちの姿が描かれている。

——踊りながら念仏？　何それ？　そんなの罰が当たらないの？

日本史の授業で聞いた時には、一遍も時宗もたくさんある面倒な暗記項目の一つでしかなく、ひとつの興味も湧かなかった。いきなり目の前に現れたその「暗記項目」に、私はただ戸惑うばかりだった。

六月二七日、一遍とその弟子たち一五名ほどが村に到着した。

この日付は村人が教えてくれたものなので、現代の暦に直すと何月何日を指すのか私にはよくわからない。私の携帯電話は、鎌倉時代に来た直後になぜか正確な日付を表示していたが、数日で充電が切れて、もう二度と動かすことはできない。

感覚的には夏の一番暑い頃、八月の盆のあたりだったように思う。群青色の夏空には雲ひとつなかった。焦げるような灼熱の日射しに草花もぐったりとして、昼下がりは誰もが働くのを諦めて木陰でぼんやりとしていたような、とても暑い一日だったのをよく覚えている。

南からやってきた一遍の一行は、まるで物乞いの集団のようだった。僧たちは裾の破れたボロボロの墨染の衣をまとい、全員、体中の皺という皺に埃がみっちり詰まってしまっているかのように薄汚れていた。

ただ、誰もがまるで骨と皮だけのように痩せこけているのに、どの僧も目だけがぎらぎらと力強く輝いていたのがやけに印象的だった。

彼らは自分たちのことを「時衆《じしゅ》」と名乗った。

私は学校の授業で、一遍が開いたのは「時宗」だと習っていたが、一遍はその生涯を通じて、自分の教えを「宗派」とは一度たりとも呼んでいない。彼はいつも、自分に付き従っているのはあくまで「衆」だと言い張っていた。

それだけでなく、時衆について一遍はしばしば、心底うんざりした表情を浮かべながらこんなふうに語っていたものだ。

「俺は本当は、諸国への旅も全部一人で行くつもりだったんだよ。でも、いくら追い払っても突き放しても、こいつらときたら勝手に俺のあとをついてきちまうんだぜ。まったく困ったものさ。それでもう、追い払うのも面倒になったから好きにさせているだけなんだ」

その一見ぶっきらぼうな態度は、いかにも孤高の捨聖《すてひじり》、一遍にふさわしい。

一五名ほどの時衆のメンバーは、私の暮らす寺に滞在することになった。

寺は手狭で、とてもこんな大人数が泊まれるはずがないと私は思った。

だが、彼らは住職と私が何か言うよりも先に、手慣れた様子で勝手に本堂のあちこちに荷物をひろげ、自分たちが雑魚寝する場所を確保しはじめていた。聞いたら彼らの宿泊はいつもそんなふうであり、別段驚くことではないという。

狭い本堂は、あっという間に小汚い僧たちで足の踏み場もなくなった。一人が占めているスペースは一畳にも満たない。災害の時に小学校の体育館などに作られる、仮設の避難所みたいだなと私は思った。

ただでさえ夏の暑い盛りに、僧たちがみっちりと詰め込まれた本堂は気温が一度くらい上がったような気がして、たまらず私はすべての木戸を開け放った。

「明日と明後日は祖父の墓に参って、心ばかりの回向《えこう》をしたい。その後、村の皆様に阿弥陀仏の功徳にあずかる踊り念仏をお届けしたいので、こんな舞台を作ってはくれないだろうか」

一遍は、一行を歓待しようとやってきた村長にそう言って、ぼろぼろの絵図面を差し出した。図面には私の日本史の資料集に載っていた絵のような、屋根つきの舞台が描かれている。

一遍はぞろぞろと一五人ばかりの僧を引き連れて、勝手に村に押しかけてきた。お布施《ふせ》の名のもと、飯も全部タダ食いである。その上さらに、踊り念仏を見せてやるから舞台を作れとはずいぶんと厚かましい奴だな、と私はまっさきに思った。

だが、それはあくまで現代人の感覚だ。

毎日なんの娯楽もなく、ごく一部の人間を除けば文字を読むことすらない彼らにとって、坊さんがまことしやかに語る極楽浄土の素晴らしさや地獄の恐ろしさ、次々と登場する如来やら菩薩やらといった仏様の数々は、最高のエンターテインメントなのである。

それは彼らにとって、宗教的なものである以上に格好の「非日常体験」だった。私たちがアミューズメントパークで夢の世界を疑似体験するのと同じような感覚で、この時代の人間は坊さんの法話にワクワクしながら耳を傾ける。

私が暮らす寺の住職は、ほんの数巻だけ寺に伝わる古いお経を後生大事に持っていた。そして、村で何かイベントがあるたびに、その内容の一部をわかりやすく噛みくだいて村人たちに説明する。

私に言わせればそれは「その話もう何度目だよ」と言いたくもなるような退屈な教訓話なのだが、ネタ元であるお経をほんの少ししか持っていないのだから、話がかぶってしまうのはやむを得ない。

それなのに村人たちは、毎回とても楽しそうに、その代わり映えしない法話を喜んで聞きたがるのだ。それはきっと、わずかに言葉を覚えたばかりの幼児が、同じ絵本を飽きもせず、何度も読んでと親にせがむのと一緒なのだと思う。

村の住職の法話ですら、彼らにとってはそれくらいの貴重な娯楽なのである。だとしたら、遠い山の向こうから有名な坊さんがやってきて踊り念仏を見せてくれるなんてのはもう、フジロックかサマーソニックか、巨大音楽フェスが我が町にやってくるというくらいの、一生モノの一大イベントに違いない。

そりゃあ喜んでタダ飯も食わせるだろうし、「踊り念仏」なる新感覚のエンターテインメントを見せてもらえるのなら、舞台の一つや二つ、みんなで力を合わせてすぐに建てましょうや、となるのもわからなくはない。

かくして、一遍が到着した翌日から、村人たちは総出で踊り念仏の舞台の建設に取りかかり、突貫工事であっという間に造り上げてしまった。

この時代は家一軒建てるだけでも、木材の調達から始めたら軽く一年半はかかる大仕事である。それなのに村人たちは、村はずれにあった古い納屋に目をつけて中の荷物を他の場所に移し、ぶっ壊してその建材を再利用するという力技でこの難題を強引にクリアしてしまった。新しい娯楽を求める人間の欲望の力というものは、本当にすさまじい。

そしてその夜、私の運命を変えた一遍のライブステージが始まる。

## 踊り念仏の衝撃

小さな小屋ほどの狭い舞台の上に、一五人ほどの僧が全員上がった。

時刻は日没の直後。東の空はもうすっかり闇に包まれ、西の空も次第に光を失って紫色に変わっていく頃合いだ。うだるような昼間の熱気がおさまり、どこかほっとするような、夏の夜のほどよい涼しさが周囲を包んでいた。

舞台上は、詰め込まれた僧たちでまるで満員電車のようになっている。その様子は日本史の資料集で見た、踊り念仏を描いた絵とまったく同じだった。一体どんなものが始まるのか、私は固唾を呑んで見守った。

見物する村人たちをステージの中央から見回したあと、一遍が口を開いた。

「今日お集まりの皆さん、南無阿弥陀仏」

挨拶代わりに合掌して念仏を唱えるその声はよく通り、穏やかでありながらも張りがあって力強い。

「みんな、極楽往生したいよな」

現代語に訳せばそんな調子になる、くだけた口調で一遍がいきなりそう尋ねたので、村人たちは「したい」と叫んだ。

なんだかライブのMCみたいだな、と私は思った。

「いいか、みんな。極楽往生したいんなら、ただひたすらに阿弥陀仏の慈悲にすがって、南無阿弥陀仏と唱えるんだ。唱えるのはたった一度でもいい。別に阿弥陀仏を信じていなくてもいい。信じていない者でさえ、念仏を唱えれば救ってくださる。それが阿弥陀仏の広大無辺の慈悲の御心だ」

すかさず村人から、「でも、厳しい修行をして大金を寺に寄進しないと、極楽往生はできねえって聞いたぞ」という乱暴な野次が飛んだ。

一遍は、そんな手荒な観客の反応にも慣れっこなのか、まったくひるまない。やれやれといった態で肩をすくめると、落ち着いた声で野次に答えた。

「それは、御仏のお言葉を勘違いしてる、なまぐさ坊主の言ってることだ」

その言葉に、私の隣でステージを見ていた住職が少しだけ眉をひそめて困ったような顔になった。

「坊主は寺に金が落ちねえと食いっぱぐれるからな。それで、みんなが喜んで金を出すように、そういうことを言うんだ」

村人たちから、おおお、というどよめきが起こった。

聖職者らしからぬ粗暴な言葉遣いと、自分自身が坊主であるくせに、坊主をこき下ろすような歯に衣着せぬ物言い。予想以上の一遍の破天荒ぶりに、村人たちも目を丸くしていた。

「もちろん、だからといって坊さんに無礼を働いていいとか、寺へのお布施はいらねえとか、そんなことは決してないぞ。坊さんの俺が言うのもなんだが、さっき言ったようなクソ坊主は別として、ほとんどの坊さんは、みんなの極楽往生を本気で願って、お前らを導こうと厳しい修行をしてくれている大した奴らなんだ。だから、そういう真面目な坊さんは、村のみんなで支えてやらなきゃいけない」

一遍のフォローの言葉に村人たちが素直に頷いているのを見て、住職は思わずホッとしたような表情を浮かべた。一遍は冗談めかした口調で続けた。

「ま、俺もいちおう坊主のはしくれだが、今日もこうして俺たちが野垂れ死にせず、踊り念仏をみんなに振る舞えるのだって、みんなが俺たちに飯と寝る場所を恵んでくれて、この舞台を建ててくれたおかげだしな。とても美味い飯だったぜ。ありがとう」

一遍の言葉遣いは乱暴で過激だが、なぜかどこかしら知性を感じさせるものがあった。ガラは悪いのに怖さはなく、むしろ不思議な親しみやすさがある。

「要するに、金額の多い少ないは関係ねえから、自分ができる範囲で、みんなのために頑張っている奴のことはみんなで支えてやろうぜ、ってことだ」

あまりにも大雑把なその結論は、難しいことを理解できない無学な村人の心にも無理なく入り込んだようだった。善良な村人たちは一遍の言葉に、我が意を得たりとばかりにうんうんと頷いている。

その様子を見た一遍は、満足げにニッコリと微笑むと、力強く言った。

「まあ、ごちゃごちゃ御託を並べるのはこれくらいにしておこうか。踊り念仏は、言葉で説明するよりも実際に見てもらったほうが早いからな。これから始める踊り念仏を見て、少しでも『いいな』と思ったら、ぜひお前らも俺たちと一緒に念仏を唱えてみてほしい。阿弥陀仏の御手はもう、すぐそこに伸びている。あとは自分の手で掴むだけだ」

そう言い放った一遍はくるりと振り返り、真鍮製の鉦《しょう》を持っている僧に目で合図を送ると、大きな声で叫んだ。

「一遍踊って、死んでみな！」

その掛け声を合図に、カン、カン、カンと鉦の音が素早く三回鳴り響くと、続けて約一五人の僧たちが一斉にドンドドン、ドンドドン、と足で床板を激しく踏み鳴らしはじめた。その足音はぴったりと揃っていて、一拍の休符をはさみ、まるで軍隊の行進のごとく正確な四拍子を刻む。

その息の合った足音のリズムがしばらく続いたところで、ステージの縁まで出てきた一遍がリードボーカルを取るように、念仏の独唱を始めた。

「なーむーあーみーだーぶーつーーー」

すかさず後ろの僧たちが、低い声で続けて唱和する。

「なーむーあーみーだーぶーつーーー」

僧たちの声帯が生み出す音圧が、空気の壁となって一気に押し寄せてきた。それはアンプを通してもいないのに、とてつもなく分厚い質量を伴って、私の鼓膜と皮膚をびりびりと揺さぶった。

なんだこれは。なんなんだこれは――あまりの衝撃に、震えが止まらなかった。


私の知っている念仏と、それはまったく似て非なるものだった。

念仏なんて、仏像の前で神妙に手を合わせておとなしく唱えるものじゃないのか。こんな勝手なアレンジを加えてしまって、罰は当たらないのだろうか。

踊りなどと称していても、どうせ盆踊りに毛が生えたようなもので、あらゆるエンタメに飽きた現代人にとっては退屈で眠くなるような代物に違いない――そう思い込んでいた私の眼前に、いきなり叩きつけられた一遍の踊り念仏。そのあまりの激しさに、私は思わず呼吸を忘れた。

一糸乱れぬ足音のリズムに合わせて、最初、ゆっくりとした南無阿弥陀仏の唱和で始まった踊り念仏は少しずつ加速していく。最初は一つだけだった鉦の音が、そのうち二つに増え、三つになった。

三つの鉦は、カンカン、チキチキ、カチャカチャと甲高い金属音を立てながら、それぞれが違ったリズムパターンを刻んでいる。そして、それらはいつの間にか巧みに絡み合い、聞く者の身体を勝手に上下に突き動かす絶妙なグルーヴを生み出していた。時衆たちが踏み鳴らす足音も少しずつ荒々しさを増し、今にも床板を踏み抜かんとする勢いだ。

歌詞はただひとつ。「南・無・阿・弥・陀・仏」しかない。

延々とその六文字を連呼するだけなので、こんなものはすぐに飽きてうんざりするかと思いきや、まったくそんなことはなかった。

最初は息を合わせて唱和していた僧たちの声が徐々にばらけて、それぞれが自分の好きな節回しや音程をつけて念仏を唱えはじめた。そうすると、南無阿弥陀仏という単純な言葉の繰り返しに、何やら個性のようなものが生まれてくる。

約一五人の僧の、約一五通りの「南無阿弥陀仏」。

ある者の南無阿弥陀仏は、喉を絞るような高音のシャウト。またある者の南無阿弥陀仏は、すすり泣くがごとき悲嘆のつぶやき。別の者が唱える南無阿弥陀仏は、地獄の底から響いてくるような、まるで猛獣の唸り声だ。

全員が全員、己の背負った人生を吐き出すかのごとき多彩な南無阿弥陀仏を唱えるので、このたった六語のリフレインが、不思議なほど複雑に聞こえた。

気がつくと私は、吸い寄せられるように一歩、また一歩と一遍のいるステージに近づいていた。

村人たちも、最初のうちは奇異なものを見るような感じで、少し遠巻きにしておっかなびっくり眺めていたのだが、時衆の僧たちが放つ異様な熱気に魅入られるように、じわりじわりと舞台に吸い寄せられていく。

日没とともに始まった踊り念仏は、完全に日が落ちても終わる気配はない。

ステージの両脇には、一遍の指示で井桁に組まれた丸太が事前にセッティングされていた。周囲がすっかり暗くなったところで、時衆たちによってそれに火が灯される。途端に、踊り念仏の舞台がぼうっと赤い光の中に浮かび上がった。

パチパチと火の粉を上げる二つのキャンプファイヤーに照らされた舞台は、その幻想的な雰囲気をますます強めていった。

## 狂熱のライブ

ドンドンドドン、ドンドンドドン。

チャカチャカツクツク、チャカツクツク。

踊り念仏はもう何時間続いているのだろうか。時計がないので一切わからない。

鉦の音も轟くような足音も、開始直後のような整然とした統一感はもはやどこにもなかった。

僧たちが身体の感覚だけで集団でビートを刻むので、そのリズムは走ったりもたついたり、まるで呼吸のように不安定に脈動する。だが、その危うい感じが逆に、体が勝手に動いてしまうような心地よいグルーヴを生み出していた。

日が暮れて涼しくなったとはいえ、いまは真夏の暑い盛りだ。

芋を洗うような密集状態で踊る僧たちは、誰もが頭から水をかぶったように汗だくになっていた。それでも彼らは、何かに取り憑かれたかのように足を踏み鳴らし、恍惚とした表情を浮かべながら念仏を唱えることをやめない。

その狂気が空気中を伝わり、呼吸と共に自分の中に取り込まれたような気がした。

自分も、このステージの上で踊りたい――

いつしか私は、ごく自然にそう考えていた。

そして気がつけば、ステージに向かって無我夢中で手を伸ばしていた。

私は、胸ほどの高さにあるステージの縁を摑むと、足をかけてその上によじ登ろうとした。すると、周囲の村人たちが慌てて駆け寄ってきて私の肩を摑み、引きずり降ろそうとする。

ありがたい一遍上人の、ありがたい踊り念仏を邪魔しちゃいかん——そう彼らが叱りつけてきたので、私は思わず「なんでだ！」と怒鳴り返した。


その時だった。ステージの上から、すっと一本の手が伸びてきた。

しゃがんで手を伸ばしてくれた人物は、一遍その人だった。

「踊りたいんだな？　それなら一緒に踊ろう」

そう言って一遍は私の手を掴むと、ステージにひっぱり上げてくれた。やせ細った、やけに骨ばった腕だったが、驚くほどにその手は力強かった。

私は自分からステージに上がろうとしていたくせに、こうして一遍が自ら誘ってくれると急に我に返って怖気づいてしまい、思わず尋ねた。

「でも私は、あなたたちの仲間じゃない。宗派も違うし」

すると一遍はニッコリと微笑み、優しく私に言ってくれた。

「ヒロ、必要なのは『南無阿弥陀仏』だけさ。それ以外は何もいらない」

私はただ住職の後ろにくっついていただけの若造で、一遍が来てからの数日間も、一遍と直接会話する機会はろくになかった。それなのに、彼が私の名前を覚えてくれていたことにまず感激した。

そして何より、「必要なのは『南無阿弥陀仏』だけさ」という一遍の言葉に、一発で心を鷲摑みにされてしまっている自分自身がいた。頭の芯がしびれたようになって、私はしばらく全身が硬直して何もできなかった。

一段高いステージの上から見る景色は、見慣れた村の広場だというのに、どこか現実離れした異世界のようだ。

生き残るために私は頭を剃り、形だけ出家はしていたものの、それまでは仏教なんてものを信じる気持ちはひとつもなかった。寺は葬式と法事のためだけに存在するもの。いまどき極楽往生なんてナンセンス。人間、どうせ死んだらあとには何も残らない――それが、科学の時代に生きる現代人の、宗教に対するごく一般的な態度ってもんだろう。

だが、その時の私は不思議なほど自然に、ああ、阿弥陀仏の手で極楽浄土に引き上げてもらうというのは、きっとこういう感じなんだろうな――なんてことを思っていた。

気がつけば、私はステージの中央で「あああああ！」と雄叫びを上げていた。

ありったけの大声を張り上げたつもりだったのに、約一五人の僧たちの南無阿弥陀仏の声はもっと野太く、私の声は吸い込まれてかき消されてしまった。

負けてたまるか。もっと大きな声で、もっと強く唱えてやる！

時衆の男どもに張り合うように、私も一心不乱に念仏を唱えた。

南無阿弥陀仏、南無阿弥陀仏、南無阿弥陀仏、なむあみだぶっ！

ステージの上だと、僧たちの足踏みの音はよりいっそう大きく聞こえる。地鳴りのような重低音が、音というよりは形を持った空気の振動となって私の肌をビリビリと震わせる。

その暴力的なまでの音圧に、私は最初のうちはおっかなびっくりだったが、耳と体が慣れてくるにつれ、それが不思議なほどに体になじむものになっていった。

南無阿弥陀仏。

なんという心地のよい響きだろうか。あれこれ考えるのをやめ、ありったけの大声でそう連呼しつづけていくだけで、心が、体が、得体の知れない衝動に突き動かされていく――。

いつしか私は、自分の本能の命ずるままに頭を前後に振りはじめていた。

現代にいた時、私も携帯やパソコンの画面上で、ミュージシャンや観客がライブ中に激しくヘッドバンギングをする姿を動画で見たことは何度もあった。見よう見まねで自分も頭を振ってみたりもした。

とはいえ、静かな部屋の中でヘッドホンで一人で曲を聞きながら行うそれはどこか照れがあって、終えたあとに気恥ずかしさと虚しさが残るものだった。

だが、いまの私にそんな躊躇はひとつもない。

足踏みと鉦が織りなす強烈なビートに体を委ねるうちに体が自然と上下に揺れ、縦ノリのリズムを取り始めた。それに合わせて最初は軽く頭を揺らすだけの動きが、激しいヘッドバンギングに変わるのにたいした時間はかからなかった。

視界がぐるぐる動き回り、三半規管が悲鳴を上げる。思考が吹き飛ぶ。

無意識のうちに飛び出た人生初の慣れない動きに、私はほんの数秒ほどで目が回り、くらくらして動きを止めた。

ぐわんぐわんと回転する歪んだ景色の中に、周りの坊主たちが驚いて目をぱちくりしている姿がわずかに見えた。彼らは私の動きを見て、最初は呆気に取られたように私の顔を眺めていたが、すぐさま弾けるように一斉に笑い出し、「おおお」と歓声を上げながらバンバンと一斉に私の肩や頭を叩いてきた。

彼らの目には、現代のヘッドバンギングがとても面白く見えたのだろう。隣にいた僧が、私の動きを真似てすぐさま激しく頭を前後に振り始めた。すると他の僧たちも面白がって同じことを始める。そのアクションはたちまち舞台上に伝播し、あっという間に、つるつるした坊主頭たちが舞台の上で一斉に激しくヘドバンをきめるという、世にも珍妙な光景が繰り広げられた。

そうしている間にも、野太い声の南無阿弥陀仏のコールは途切れることはない。むしろそれは激しさをさらに増し、息も絶え絶えなその叫びは、魂の絶唱となって夜空を震わせ続けた。

時衆たちが熱気でぐったりしてきたのを見た僧の一人がステージを下り、近くの井戸から手桶に水を汲んできた。

一遍はステージ上で手桶を受け取ると、円盤投げのように勢いよく振り回し、僧たちの頭上に思いっきり水をぶちまけた。まかれた水は霧のように飛び散り、僧たちの発する熱気であっという間に湯気に変わる。

その後、何人もの僧が交替で水をまくようになると、もうもうと立ち込める水蒸気で、ステージの上はまるでミストサウナのようになった。

そしてその中で、私は無我夢中で体をくねらせ、頭を振り、ひたすら南無阿弥陀仏と声の限り、狂ったように何度も何度も叫び続けていた。

## 魂のさけび

翌朝、私は目が覚めると寺の本堂に横になっていた。

すぐ目の前に、誰のものかもわからぬ見知らぬ坊主頭が転がっている。

むくりと上半身を起こして周囲を見回すと、そこら中に所狭しと転がっている坊主、坊主、坊主――むさくるしい時衆の僧たちが、思い思いに床に寝そべって雑魚寝をしていた。

全身が軋むように痛い。

特に、調子に乗ってヘッドバンギングをやりすぎた首の痛みが尋常でない。口を開こうとしたら、あまりの渇きで上と下の唇が貼りついていた。喉が枯れていて、なんだか尺八のような枯れた音しか出ない。

結局私はあの夜、ラストまで一遍たちと一緒になってステージの上で踊り続け、時衆の僧たちとすっかり意気投合したのだった。

最後はもう記憶も定かではなく、両脇を二人の僧に支えられながら本堂に帰ってきたところまでしか覚えていない。どうやら私は、そのまま意識を失うように眠りに落ち、彼らと一緒になって本堂で朝まで雑魚寝していたらしい。

東の山の端がまだ暗い。日の出までには、まだわずかに時間がある。

私は一人でむくりと起き出して外に行き、冷たい小川の水を飲んで、それから顔を洗った。

体の節々がとんでもなく痛いし、腹が減って死にそうだ。それなのに、私の心は靄《もや》が吹き飛んだように晴れ晴れとしていた。

少しずつ、昨日の夜の記憶が蘇ってくる。カンカンと鳴り続ける甲高い鉦のリズム。怒濤のような足音の響き。私はただ無我夢中で念仏を唱えながら、その目はずっと、一人の僧の背中を自然と追いかけていた。

一遍。この踊り念仏を創始した、とんでもない男。

日本史の教科書ではほんの数行語られただけで終わってしまうこの歴史上の人物を、私はいまこの目で間近に見て、踊り念仏をこの体で実際に味わった。

昨晩、芯のある低い声で唱える一遍の念仏が、多くの僧たちが唱和する声の中でも決して埋没せず、確実に私の耳に届いていたことに私は改めて驚嘆していた。一人だけ、やたらと声のエッジが立っているのだ。一遍の声には、言葉でうまく説明できぬ得体の知れない力がある。

南無阿弥陀仏、南無阿弥陀仏、なむあみだぶつ――

別に、信心とかそういうものではない。昨晩に初めて見たばかりの一遍の念仏を頭の中で思い浮かべていたら、なんだか知らないが、手が勝手に合掌していた。

「どうしたヒロ。昨日あれだけ暴れまわったのに、朝から元気だな」

背後からいきなり声をかけられて、私は驚いて振り向いた。そこに立っていたのは一遍だった。

穏やかに微笑む一遍を前にして、私がどぎまぎして何も答えられずにいると、彼は自分から近寄ってきて、私の目をのぞき込むようにして言った。

「どうだい？ ヒロも阿弥陀仏を感じただろ？」

ひねくれ者の私は反射的に「いや、あれだけ念仏を唱えたのに、阿弥陀仏の姿はちっとも見えなかったよ」と答えた。

その時の私の頭の中には、ここで素直に一遍の言葉を認めてしまったら、自分はきっと一遍から一生逃れられなくなるという、わけのわからない危機感があった。

だが、一遍はそんな私の素直でない答えに眉をひそめるでもなく、逆にニッカリと笑ってこう言ったのだ。

「ははは。そりゃそうだ。もし、阿弥陀仏の御姿がヒロの目に見えていたとしたら、そんなものは君の煩悩が作り出した、ただの幻だよ」

「え？」

私はてっきり一遍も時衆も、阿弥陀仏に会いたい、その姿をこの目で見てみたいという一心で、あんなに熱心に踊り念仏をやっているものだとばかり思っていた。だが、一遍はそんなことを露ほども望んでいなかった。

「そもそも、阿弥陀仏の御姿を見たいなんて願うのは、欲望を捨てきれてない何よりの証拠さ。阿弥陀仏は『南無阿弥陀仏』の名号《みょうごう》の中にいる。わざわざ会おうとしなくとも、このたった六文字がすなわち阿弥陀仏なんだ。わかるかいヒロ？」

念仏の「言葉」が阿弥陀仏だって？　じゃあ、私たちが仏像で見ている、あの阿弥陀様の姿は一体なんだというのか。

「仏像として形になった阿弥陀仏の御姿も、それはそれで尊いものではあるんだけど、俺たちは一旦それを忘れよう。いいかい、俺たちが信じるのはただ『南無阿弥陀仏』の言葉だけなんだ。俺たちが『南無阿弥陀仏』と唱えたその時、阿弥陀仏はすでに俺たちを救ってくれているし、唱えている間、俺たちは阿弥陀仏とひとつになっている。昨日、踊り念仏をしながら、ヒロはそんな気持ちにならなかったか？」

念仏を唱えている間、自分は阿弥陀仏とひとつになっている——

阿弥陀仏とひとつになるとか言う以前に、そもそも阿弥陀仏とはなんなのか、ほんの数日前に一遍と会ったばかりの私にはさっぱり理解できていない。

ただ、たしかにあの時、湯気が立つほどの熱気の中でひたすら南無阿弥陀仏と唱えている間、自分が自分でなくなったような、「忘我の恍惚」とでも呼ぶべき不思議な感覚はあった。

私がその状況を要領を得ない言葉で必死に説明していると、一遍は穏やかな微笑を浮かべながら言った。

「それが阿弥陀仏だよ、ヒロ」

## 旅立ちの時

踊り念仏を行った日から三日後、一遍とその弟子たちの一行は村を出発した。己を痛めつけるような、激しいライブパフォーマンスを何時間も続ける踊り念仏はとんでもなく体力を消耗する。一度その公演を行うと、一遍一行は回復のためにいつも三日ほど、何もせずゴロゴロと寝て過ごす休息が必要になるのだという。

私たちの村にとって、何も働かない一五人近くの人間を養う負担はかなり重い。だが、村人たちはすっかり踊り念仏の虜になっていて、ありがたい仏の教えに触れさせてもらえたと感謝しては、喜んで自分たちの食糧を時衆に提供していた。村ではすっかり踊り念仏がブームになっていて、寝ても覚めてもみんなが踊りながら楽しそうに南無阿弥陀仏と唱えている。

あらゆるエンタメが存在しない退屈なこの時代に、あんな究極のライブパフォーマンスをいきなり見せられてしまったのだ。村人たちにとって一遍の踊り念仏は、きっと生涯忘れることのできない一生モノの思い出になったに違いない。

そしてこの村はこの先何十年と、たった一夜限りの一遍のステージのことを、伝説のライブとして連綿と子孫に語り継いでいくのだろう。

それで、私はどうする――。


三日後、村を出発する時衆の一行の中に私はいた。

このまま寺にいれば、飢饉や災害でも起こらない限り、きっと私は一生食いっぱぐれることはない。そして日本史の教科書と資料集を見る限り、この先、私が寿命を迎えるまでの数十年の間に、少なくとも教科書に出てくるような大飢饉や災害はない。

これから約三〇年後には鎌倉幕府が倒され、鎌倉は戦火に包まれる。だが、その主戦場は京都と鎌倉だ。こんな東北の片田舎が、その戦いに巻き込まれることは絶対にないはずだ。

だったら私は、ずっとこの村にいるべきだ。

この時代にはろくな医療もないし栄養状態もずっと悪い。いまでこそ健康で若いからこうしてなんの問題もなく過ごせているが、例えば盲腸炎だとか肺炎だとか、現代だったらなんでもない病気にちょっとかかっただけでも、この時代ではすぐ死ぬのだ。くれぐれも無理は禁物である。

軽い気持ちで一遍について行ったが最後、そこから先はずっと、人々のお布施に頼って生きる不安定な遊行生活が待っている。何も食べられずに飢え死にするかもしれないし、狼や熊、盗賊に出くわして殺される可能性もある。一遍について旅をするなんて、どう見たって正気の沙汰ではない。

でも——

正気の沙汰ではないからこそ、面白いんじゃないか！

あらゆるエンタメに事欠かない現代と比べたら、この鎌倉時代は本当に退屈だ。このまま村に留まって、こんなつまらない人生を無駄に永らえるくらいなら、一遍と共に旅をして、二七くらいであっさり野垂れ死んだほうがずっとマシだ。

私は現代にいた頃、己の魂を揺さぶる「本当の音楽」にずっと出会えずにいた。しかし私は、まさかの鎌倉時代でそれにめぐり会えたのだ。まあ、正確に言えば踊り念仏は音楽ではないのかもしれないが。

だけど、私自身が踊り念仏にどうしようもなく心を鷲摑みにされてしまい、これこそが追い求めていた「本当の音楽」だと感じたのだから、それが答えだ。一遍の言葉を借りるならば「それこそが阿弥陀仏のお導きなのさ」ってところだろう。

ならば私はその、差し出された救いの手を摑む。そしてこの命が尽きるまで、その道をひたすらに突き進んでゆくのだ。

こうして、一遍と私の、長い念仏の旅路が始まった。

# Chapter.2　ニュー・ウェーブ・オブ・カマクラ・ブッディズム

## NWOKBの胎動

比較的平和で戦乱のない社会が、三〇〇年以上も続いた平安時代。

平和はそれ自体喜ばしいことではあるが、一方で停滞も生み出してしまう。僧たちは長きにわたる変化のない社会にすっかり安住し、一三世紀の仏教シーンには、どこか重苦しい停滞した空気が漂っていた。

そんな仏教シーンに、突如として新しい風が吹き始めた。

この時代に一斉に登場した新しい仏教の宗派たちを、日本史の教科書では「鎌倉新仏教」などと呼んでいるが、そんな堅苦しい名前ではとても、彼らの粗削りなダイナミズムと革新性を的確に表現することはできない。そこで、私はこれをあえて「ニュー《N》・ウェーブ《W》・オブ《O》・カマクラ《K》・ブッディズム《B》」と呼ぶこととしたい。

ＮＷＯＫＢが誕生したきっかけは、武士の台頭と鎌倉幕府の成立である。

激動の一三世紀――それまで絶対的な権力を握り続けてきた貴族に代わり、武士が急速に力をつけ始めていた。

保元・平治の乱とそれに続く源平の争乱を通じて、権威主義に陥った朝廷や貴族たちの化けの皮が剥がされ、実際に社会を動かしているのが鎌倉の武士たちであるということは、もはや誰の目にも明らかであった。

そして、一二二一年の春。

まるで古い時代にとどめを刺すかのように、承久の乱が勃発する。この戦いは、日に日に力をつけていく鎌倉幕府を恐れた朝廷のほうが仕掛けた戦いだったが、勝ったのは幕府――すなわち武士たちであった。

この戦いで、朝廷と貴族の権力の失墜は決定的なものとなった。そして、新たな日本の支配者となった武士たちは、彼らの好みに合致した、手垢のついていない新しい仏教を求めるようになったのである。

当時の仏教は、貴族たちの独占状態に置かれていた。

「死後に極楽往生するために、生前に善い行いをして功徳を積もう」という、本来は前向きであったはずの思想が歪められ、賤しい一般庶民を仏の救済から締め出すための身勝手な論理として使われるようになっていた。

僧たちは、寺に多額の寄進をして経をたくさん読むことだけが功徳であると説いた。だが、そんなことを言われてしまったら、財力がなく字を読めない大多数の人間は全員そろって地獄に落ちるしかない。そんな閉鎖的な既存の仏教に対する不満が、社会の変化とともに一気に噴出した。

その結果、人々の熱い思いに後押しされる形で、既存の仏教を破壊するエネルギーを持った新たなスタイルの仏教が急速に力をつけ、まったく新しい信仰カルチャーがこの時代に一斉に花開いたのである。無論、我らが一遍と踊り念仏も、その大きな潮流の中に位置づけられるべきものである。

この章では、そんなＮＷＯＫＢの躍進の軌跡と、ＮＷＯＫＢを牽引し、仏教シーンに革新をもたらしたスター坊主たちの素顔について語っていきたい。

## 偉大なる革新者《イノベーター》——法然《ほうねん》

新しい救済を求める時代のうねりを敏感にキャッチし、仏教界に最初のニューウェーブを巻き起こした先駆者が法然だ。

法然は最初、旧来の仏教の僧として比叡山でキャリアをスタートさせている。

だが彼はある時、中国の僧、善導《ぜんどう》が七世紀にリリースした『観無量寿経疏《かんむりょうじゅきょうしょ》』を知って大きな衝撃を受ける。法然はその教えを日本に広めることを決意し、善導の教えをより日本のマーケットに合わせてアレンジした新ジャンル「浄土宗《じょうどしゅう》」を立ち上げたのだった。

浄土宗は、積んだ功徳の量で極楽往生が決まるとする、これまでの仏教の教えに強烈なノーを叩きつけた。そして、ただ阿弥陀仏を信じて「南無阿弥陀仏」と唱えるだけで極楽往生できるという新たな信仰スタイル「専修念仏《せんじゅねんぶつ》」を提唱したのである。


ある時、法然に向かってこんなことを言う人がいた。

「法然上人は頭がよくて、南無阿弥陀仏の言葉の深い意味や、その由来もよくご存じだから、唱える念仏もきっと効果が大きいんでしょうね」

すると法然は、静かな怒りを込めてこう答えたという。

「阿弥陀仏に対する君の信心はその程度なのか？『南無阿弥陀仏』の名号は、文字を一つも知らない、百姓や木こりのような人たちを救うために阿弥陀仏が作られたものなんだ。だから、効果は誰が唱えたって一緒さ」

そう言われて目を丸くする相手に、法然が言ったという言葉が残されている。

「だいたい、学校で教わる勉強なんかで救いが得られるのなら、私がわざわざ学校を辞めてまで念仏の道に進むわけがないだろ？　学校なんてものは、勉強して出世しようと考えている奴らの行くところさ。でも念仏はそうじゃない。自分の愚かさを認めて、阿弥陀仏の力を借りてみんなで極楽に行こうぜっていう教えなんだ」

この法然の教えは、難解で複雑になってしまった仏教に嫌気が差し、シンプルでストレートな教えを求めていた時代の空気にマッチしていた。一一九八年にリリースされた法然の「選択本願念仏集《せんちゃくほんがんねんぶつしゅう》」は、地方の武士や庶民を中心に空前の大ヒットを記録し、浄土宗はまたたく間に日本中を席巻する。

しかし、法然の新しい教えは、旧来の仏教の権威を脅かしかねない過激なものであった。その結果、彼は古巣である比叡山をはじめ、頭の固い批評家たちの激しい批判にさらされることになったのである。

批評家からの糾弾は徐々にエスカレートし、とうとう「浄土宗の僧たちは、東山鹿《しし》ケ谷《がたに》での念仏法会《ほうえ》にかこつけて女性たちと密通している」などという、根も葉もない中傷までばらまかれる始末だった。

旧来の仏教勢力による、執拗な反念仏キャンペーンの嵐。しかもそれは、時の権力者がバックについた強力なものだった。とうとう幕府は一二〇七年、浄土宗に対して念仏停止処分を下す。法然自身も逮捕されて、香川県（讃岐国《さぬきのくに》）に流罪となった。

だが、権力で人の身体を抑圧することはできても、その高潔なる魂までも押さえつけることはできない。

法然の強靭なる意志は、たび重なる弾圧にも決して折れることはなかった。彼はあくまで己の信念を貫き、流された先の地でも精力的に念仏のプロモーション活動を続けたのである。

不遇にあっても誰も怨まず、誰にも文句を言わず、ただ念仏のみに己の生を捧げる。そんな法然の真摯な姿は、確実に人の心を打った。もともとが事実無根のむちゃくちゃな誹謗中傷である。幕府の中にも、法然に対する処罰が適切ではないという声は最初からあった。

法然を擁護する声は徐々に強まって、結局、幕府の理不尽な念仏停止処分は一〇か月ほどですぐに覆り、法然は都に帰って五年ほどで亡くなった。七八歳だった。

法然の専修念仏の教えは多くのフォロワーを生み、仏教シーンに巨大な足跡を残した。次項で述べる親鸞《しんらん》の浄土真宗《じょうどしんしゅう》の他にも、浄土宗内で立ち上げられた四つのレーベル、西山義《せいざんぎ》・鎮西義《ちんぜいぎ》・長楽寺義《ちょうらくじぎ》・九品寺義《くほんじぎ》は、それぞれが新たな念仏の地平を切り開いている。

一遍はデビュー当時、西山義を学ぶことからそのキャリアをスタートさせた。それゆえ、一遍の特に初期の叙述においては、フレーズの随所に西山義の影響が色濃く感じられる。つまり、一遍の教えも法然の存在なくしては誕生することはなかった。

言うなれば法然は、のちに一遍という大輪の花を生み出すに至る、専修念仏という名の豊穣な大地に最初の鍬を入れた、偉大なる開拓者であったと言えよう。

## 世界を変えた不世出の悪役《ヒール》——親鸞

法然の影響を受けたNWOKBの僧は無数に存在するが、その中でも商業的に最も大きな成功を収め、最終的には浄土宗からもスピンオフして、浄土真宗という新たな巨大ジャンルを創出するまでに至ったのが親鸞である。

ただ、親鸞自身は師匠である法然を誰よりもリスペクトしていて、終生、自分はあくまで法然のいちフォロワーにすぎないという姿勢を崩していない。浄土真宗は親鸞の死後に彼を慕う弟子たちが集まり、まるで自主レーベルを立ち上げるような形で発足した宗派である。

法然が切り開いた、専修念仏という仏教の新たな地平線。

親鸞の革新性は、それをさらに過剰なまでに突き詰め、破壊的と言えるレベルにまで徹底させたことにある。親鸞は、法然の教えの一部分を強調し、さらに過激なものに進化させた。

「俺たちは一人残らず、全員が悪人じゃないか」

親鸞は人々に向かってそう叫び、「悪人正機《あくにんしょうき》」という強烈なキャッチコピーを掲げて、破壊的なプロモーションを開始したのである。


偉大な阿弥陀仏は、人間のどんな小さな悪事も見逃さない。

そんな阿弥陀仏の目から見たら、ちっぽけな人間が多少の努力をしてわずかな功徳を積んだところで、しょせんはどんぐりの背比べにすぎない。我々が生きていくうえで犯す罪は、そんなもので帳消しになるほど軽いものではない。じたばたしたところで、どちらにせよ我々は全員、悪人であることに変わりはないのだ。

ならば、自分は善人だなどと勘違いしている人間よりも、自分は悪人だという自覚のある人間のほうが、よっぽど極楽浄土に近い所にいるのではないか。

なぜなら、己の中にある悪を曖昧にごまかしたりせず、逃げずに正直に向き合っている人間こそが真に己の罪を悔いているのであって、こんな自分を救ってくれと、より強く阿弥陀仏に助けを求めるのだから――

そんな親鸞の過激なメッセージに、当初は多くの人が拒否反応を示した。

だが、一見すると乱暴にも見える親鸞のこの主張によって、救われたと感じる者もまた多かったのである。

人間誰しも、人生の中で多かれ少なかれ悪事を働き、その罪の意識を心の奥底にしまい込みながら生きている。人を騙し、法に触れなければとても生きていけないような貧しい人たちは、特にその傾向が強かった。

彼らは、自分のような悪人はどうせ地獄に堕ちるのだと自暴自棄になっていた。ならばいっそ悪の限りを尽くして、いまを楽しく生きて死んだほうが得だと、さらなる悪事に手を染める者も少なくなかった。親鸞の悪人正機説は、そのような者たちの心に、乾いた砂に水を注ぐかのようにすんなりと染み込んでいった。

親鸞の教えは、アンダーグラウンドな階層を中心に熱狂的に迎え入れられ、彼はあっという間にスターダムを駆けあがっていく。

お世辞にも行儀が良いとは言えない親鸞のファンたちの振る舞いを見て、旧来の仏教を信じる者たちは眉をひそめ、親鸞のことを激しく攻撃した。だが、攻撃を受ければ受けるほどに、コアな親鸞ファンたちの結束はますます強まるばかりだった。

親鸞が徹底していたのは、欲望を捨てて俗世間から離れるべきとされていた僧に対しても、この悪人正機の考えを実践させたことにある。

「念仏を唱えただけで、阿弥陀仏はすべての人を極楽浄土に連れて行ってくださるんだ。それならばもう、僧が善人ぶって僧らしく振る舞う必要もないじゃないか」

なんという、徹底ぶりだろうか。

ついに親鸞は、僧が僧であることすらやめたのだ。

「だいたい、阿弥陀仏は万人を区別しないで救ってくださると言っているんだぞ。それなのに、僧は厳しい戒律を守らなきゃダメだ、でも一般人は何もしなくていいなんて、言っていることとやっていることが全然違うじゃないか。そんなもの、どう考えてもおかしいだろ」

とうとう親鸞はそんな過激なことを言い出し、あえて自ら戒律を捨てるに至ったのである。

「むしろ僧の役目は、阿弥陀仏は念仏だけで我々を救ってくださるということを、身をもって証明することじゃないのか?」

そう。それは親鸞が己の存在を使って行う、命がけの人体実験だと言えた。

――俺は、念仏を唱えるだけで極楽浄土に連れて行ってくれるという阿弥陀仏を絶対に信じている。だから肉だって食べるし、妻も持つ。

殺生も肉欲も僧にとっては禁忌だから、もし阿弥陀仏の教えが嘘だったら、自分はとんでもない破戒僧として地獄に落ちるだろう。

でも、俺が信じる阿弥陀仏は絶対にそんなことはしない。「悪人」の俺だって、ちゃんと救って極楽浄土に連れて行ってくださるに決まっている――

こんなものは、本当に心の底から阿弥陀仏の救いを信じきっていなければ到底実行できない、あまりにも危険なバンジージャンプである。

だが親鸞は言い出しっぺとして、一つもためらうことなく自ら崖下に飛び降りた。己の足につながれた、「阿弥陀の救い」という名の、蜘蛛の糸のように細い一本のロープを信じて――。

私がタイムスリップしたのは親鸞の死後二〇年近く経った時代だが、彼がその死の淵において、信じたとおりに阿弥陀仏に救いの手を差し伸べられ、無事に極楽浄土に生まれ変わっていることを心から願ってやまない。

## 西方からの刺客《ウエスタン・インヴェイジョン》――栄西《えいさい》・道元《どうげん》

念仏という新しいムーブメントが日本を席巻していたその頃、海を越えた中国の仏教界では、また別の新たな信仰のトレンドが勃興していた。

その仏教のジャンル自体は別に目新しいものではない。それが創始されたのは、実は七百年以上も昔のことだ。始めたのは達磨大師《だるまだいし》。日本人なら誰もが知っているであろう、あの赤く丸いダルマさんのモチーフとなった僧である。

その新ジャンルとは、すなわち「禅」だ。

達磨大師が始めた座禅という修行スタイルは、その後、様々な流派を生みながら中国各地で連綿と受け継がれてきた。だが、その活動はあくまでインディーズとしての小規模なものに留まっていた。

それが一〇世紀になると、突如「ゼン・リヴァイヴァル」とでも呼ぶべきムーブメントが生まれ、禅は一気に仏教界のメインストリームへと躍り出ることになる。これら禅の「再発見」の担い手となったのは、中国南部を中心に活動した黄龍《おうりょう》慧南《えなん》や楊《よう》岐方会《ぎほうえ》といった名僧たちであった。

彼らは中国の各地に埋もれた禅の教えを掘り起こし、新たな解釈を加えて広く世に紹介した。彼らの尽力により、禅は古くて新しい刺激的な信仰のスタイルとして見事に再生を果たし、中国の仏教界において一大旋風を巻き起こしたのだった。

この禅を日本に持ち込み、大ブームを起こす立役者となったのが栄西と道元だ。

栄西が伝えた臨済宗《りんざいしゅう》と道元が伝えた曹洞宗《そうとうしゅう》は、現代日本においても禅の二大レーベルとして不動の地位を築いている。年齢的には栄西のほうが六〇歳ほど上で、道元は最初は栄西の弟子のもとで修行しているので、栄西の孫弟子ということになる。

栄西は最初、中国で仏教のルーツを学ぶことを目指して海を渡った。

日本の仏教が過度の商業主義に陥ってしまった原因は、僧たちが仏教の原点を忘れたせいであると栄西は結論づけた。そして、中国でオリジナルの古い経典を探して学べば、現状を打破するヒントが見つかるのではないかと考えたのだ。そんな栄西が出会った「古くて新しい」教え、それが禅であった。

ストイックな禅のプレイスタイルに、栄西は仏教がもつ原初のダイナミズムを感じ取った。これは日本でも間違いなくヒットし、停滞した仏教シーンに風穴を開ける起爆剤になると確信した彼は、禅について熱心に学び始める。

当時の中国では、空前の禅人気を受けて数多くの禅レーベルが立ち上がっていたが、栄西はその中でも日本でも受け入れられやすいと考えた臨済宗を持ち帰り、日本で布教を始める。

まったく新しいこの教えは当初、京都では受け入れられず、ブームの火付け役となったのは鎌倉の武士たちだった。常に死の恐怖と向き合って暮らしている武士たちにとって、雑念を振り払う禅の修行はとても馴染みやすいものだったからだ。

武士たちの熱狂的な支持を背景にして、臨済宗は鎌倉幕府とのタイアップを獲得し、それを武器に強力なプロモーションを展開した。後に道元が伝えた曹洞宗も、こちらは下級武士が主なファン層となって爆発的に拡散していく。そして禅という仏教の新トレンドは、驚くべき速度で日本に定着していったのだった。

ちなみに、同じ禅でも臨済宗と曹洞宗ではプレイスタイルが大きく異なる。栄西が伝えた臨済宗の禅は、座禅を組む前に、公案と呼ばれる謎かけのようなものを与えられることに特徴がある。いわゆる「禅問答」をやるタイプの禅だと言えばわかりやすいだろうか。例えば、

「弟子が師匠に向かって、なぜ達磨大師はインドから中国に来たのかと尋ねた。すると師匠は『庭の前の柏の樹』だと答えた。それはなぜか？」

といった意味不明な問いかけを師匠が与え、弟子はそれについて考えながら座禅を組むのである。

ただしこの問いは、別に答えを出すことを求めてはいない。

定まった答えのないその問いについて、ひたすら考えながら禅を組むという行為そのものに意味があるのである。一つの問題を徹底的に掘り下げて思索するという体験を通じて、悟りの本質を理屈ではなく感覚的に会得することを目指す。それこそが栄西の伝えた禅の世界観だ。

それに対して、曹洞宗の禅はひたすらにストレートでシンプルで、プリミティブな力強さを備えた禅だと言えよう。そのコンセプトは、何も考えずに延々と座禅を組み

続けるということにある。

曹洞宗の布教にあたり、道元が掲げたキャッチコピーは「ただ座れ（只管打坐《しかんたざ》）」だ。心を無にして座り続けることで、身も心も抜け出した無我の境地に達することができる。ひたすら頭を空っぽにした先に見える悟りの世界——それこそが、道元が追い求めた理想の禅の姿だ。


それぞれが追求した禅の形に似て、栄西と道元も実に対照的なキャラクターの持ち主であった。

NWOKBに位置付けられる僧たちが、いずれも強烈なカリスマ性を備えた癖の強い者たちばかりの中で、栄西だけはどこか異色の存在だと言える。

彼は自らの教義を打ち立てるというよりは、あくまで中国で生まれた臨済禅を日本に広める伝道者の役割に徹した。その姿は孤高の修行僧というよりは、ビジネスへの鋭い嗅覚を備えた、名プロデューサーといった印象がある。

栄西は他のNWOKBの僧たちとは違って、比叡山をはじめとする既存の仏教勢力と戦うことを避け、最後まで共生の道を追い求め続けた。

禅は新たな仏教の地平を切り拓くものであり、これまでの仏教を破壊するものではない。我々が共に生きられる可能性は十分にある——彼が一一九八年にリリースした

「興禅護国論《こうぜんごこくろん》」には、そんな栄西の愛と平和に対する熱いメッセージがあふれている。

それに対して道元は、その愚直なプレイスタイルからもわかるとおり、あくまで我が道をゆく、妥協を知らぬ職人気質の男であった。

己の信じる教えを貫こうとするゆえに他宗とのトラブルも多く、それに嫌気が差した道元はある時、ある地方領主からの熱烈なオファーを受けて、福井県（越前国《えちぜんのくに》）の山奥に移住してしまった。

この地の清冽な空気と自然を愛した道元は、活動拠点としてこの地に永平寺を開くと、以後、この寺を拠点にして布教と執筆活動に専念した。彼はこの地で、生涯のライフワークとなる「正法眼蔵《しょうぼうげんぞう》」の制作に取りかかる。

彼が追い求めた禅の神髄が記されたこの作品は、全八七巻にも及ぶ超大作であった。道元が三四歳の時に第一巻が発表されたあと、本作は二〇年にわたって制作が続いたが、残念ながら五四歳で道元が死んだため未完となっている。

だが、彼が遺した禅のスピリットは、数百年後の現代においても色褪せることなく、今なお燦然と輝き続けている。

## 久遠《くおん》の聖戦士・日蓮《にちれん》

日蓮宗の開祖、日蓮の生涯は、激しい戦いの連続であった。

破壊せよ。見つけ次第破壊せよ《サーチ・アンド・デストロイ》。カビの生えた古くさい教えを、一度すべてぶち壊さなければ新しい時代は来ない——まるでそんな使命感に駆り立てられているかのように、日蓮は終わりなき戦いに終生その身を投じ続けた。

一度疑問を抱いたら、その答えが見つかるまでは絶対に諦めない。

己の理想を妨げるものがあれば、たとえそれがどれだけ強大であっても、臆することなく敢然と立ち向かう。

幾多の法難に遭いながら、一度も折れることなく戦いを挑み続けたその姿は、まさに久遠の聖戦士とでも呼ぶべきものであろう。

その終わりなき戦いの原点にあるのは、日蓮の頭に浮かんだ一つの疑問だ。

「なぜ仏法のご加護を受けているはずの朝廷が、承久の乱で幕府に敗れたのか」

その答えを探し求めるうちに、いつしか日蓮は、彼独自の唯一無二のプレイスタイルを編み出すに至ったのだった。

当時の仏教シーンは、ジャンルがあまりにも細分化されすぎた結果、多くのレーベルが乱立して不毛な争いを繰り返していた。どこの寺も、仏による救済などそっちのけで内輪の争いに執心し、人々はそんな僧たちの醜い姿を見てすっかり白けきっていた。

日蓮は、そんな退屈な仏教シーンに強い憤りを感じていた。それは怒りを通り越した、もはや憤怒と言っていい。

誰一人救うことのできない、無力な教えなど要らぬ。すべての人間を救う、たった一つの究極の教えさえあればいい——

純粋すぎるがゆえに決して妥協のできない日蓮は、「最も尊い教えだけに人々を救う力があるのであって、それ以外は邪教にすぎず害悪でしかない」という過激な理論《セオリー》にたどり着く。その上で、あらゆる宗派のあらゆる仏典を貪欲に学び、究極の教えを追い求めた。

そして、果てなき探究の末に、彼が最後にたどり着いたのが法華経《ほけきょう》だった。

法華経、またの名を妙法蓮華経《みょうほうれんげきょう》。

それは、紀元一世紀以降に制作されたと言われる古典的名作である。当時は仏教がまだ現在のように数多《あまた》の宗派に枝分かれしてはおらず、それらの源流にあたる大乗仏教が成立したばかりの頃であった。法華経には、そんな誕生直後の大乗仏教が有していた原初の熱気が濃厚に凝縮されていて、当時の仏教者たちのほとばしる熱い魂に触れることができる。

日蓮は、この法華経こそが唯一にして至高の仏の教えであると確信し、他の教えに目移りすることなく、ただこの法華経＝妙法蓮華経だけを信じるべきだと説いた。その精神を体現するフレーズが「南無妙法蓮華経」という題目である。

ただ法華経だけを信じることを宣言する「南無妙法蓮華経」という題目。

阿弥陀仏の慈悲に身を委ねることを誓う「南無阿弥陀仏」という念仏。

題目と念仏。「南無」から始まるフレーズはどこか似通っているが、その主張は互いにまったく相容れない。法華経以外の信仰を一切認めない日蓮は、念仏を激しく攻撃した。

当時は、一二五七年に起きた鎌倉大地震をはじめ、日本各地で異常気象や天変地異が相次いでいた。鎌倉に進出した日蓮は、そんな不安な世相を反映した「立正安国論《りっしょうあんこくろん》」を一二六〇年にリリースする。

日蓮は本作を鎌倉幕府の最高権力者であった北条時頼《ほうじょうときより》に提出し、このまま邪法を信じて正法に背いていると、天変地異だけでなく内乱と他国からの侵略も起こるぞと訴えた。

だが、あまりにも過激な日蓮のパフォーマンスは幕府を困惑させ、彼の説は受け入れられることはなかった。逆に幕府は、日蓮を幕府批判と他宗への悪口の罪で逮捕し、伊豆に流罪にしてしまう。二年後には赦されて鎌倉に戻ったものの、その八年後に再び逮捕され、今度は佐渡に流されている。

だが、日蓮は流された先の佐渡でも、他宗の僧たちと法論で対決を行ったりと、決して戦いの手を止めることはなかった。敵対する者たちの襲撃を受けて怪我を負ったり、逮捕されて首を斬られそうになったり、どこへ行っても、日蓮とその弟子たちは常にラディカルな暴力性と共にあった。

心に描く理想が強固で、それを追い求める信念が純粋であればあるほど、その理想に適合しないものは敵となり、戦いが生まれる。

日蓮は幕府や他の宗派と激しい戦いを繰り広げながらも、己の求める理想を決して曲げることはなかった。その純粋でまっすぐな精神性に魅せられ、日蓮を慕う者は日に日に増えていった。

晩年の日蓮は、彼らを連れて山梨県（甲斐国《かいのくに》）の身延山《みのぶさん》に籠り、「撰時抄《せんじしょう》」「報恩抄《ほうおんしょう》」などの作品をリリースする。そしてここを日蓮宗の一大拠点として後進の指導にあたった。日蓮の薫陶を受けた弟子たちは、日蓮の死後も彼の熱い魂を引き継ぎ、日蓮宗を大いに発展させていったのである。

## NWOKBと一遍

このような激しい時代のうねりの中で、一遍が創始した時宗とは、一体どのように位置付けられるべきものだったのだろうか。

まず、一遍はＮＷＯＫＢの中では最も後発組である。

専修念仏という一大ジャンルを築き上げ、念仏というプレイスタイルを日本に定着させた法然は、一遍とは一〇〇歳くらい年齢が違う。一遍が生まれたのは法然が死んだ二二年後のことだ。その弟子の親鸞とも、一遍は六〇歳以上も歳が離れている。

それだけに、一遍が生まれて仏道を志した頃には、念仏という仏教の新スタイルはすでに完全に市民権を得ていた。法然はデビュー当初に批評家たちから散々にこきおろされ誹謗中傷を受けたりもしたが、一遍が出家する頃にはもはや、そのような批判はすっかり時代遅れのものとなっていた。

つまり一遍は、すでに法然と親鸞という二人の念仏の巨人の肩の上に立った状態から、己のキャリアをスタートしたのだと言える。

念仏、禅、題目――新時代の訪れと共に力強く登場したＮＷＯＫＢの様々なムーブメントたちは、一遍が活動を開始した頃にはおおむね社会に定着し、もはや揺るぎないものとなっていた。それに対する旧来の仏教の攻撃も、すっかり鳴りを潜めていた。

だが、それでもなお人々は苦しみ、救いを求める人間は尽きることがない。

迷える多くの人々を、一人でも多く念仏で救うためにはどうすべきか。

それこそが、後期ＮＷＯＫＢとも位置付けられるべき一遍が直面していた、リアルな問題だったのである。


ある時一遍が、自分の若い頃の話を恥ずかしそうな顔で語ってくれた。

「俺が全国を巡るライブツアーを開始した時、俺は六十万人にこの念仏札を配るまではツアーを終えないと心に決めたんだ」

そう言って一遍が差し出した小さな札は、踊り念仏のライブ会場で無料配布される、時衆にとってはおなじみのコンサートグッズだ。電車の切符ほどのこの小さな札こそが極楽浄土行きのチケットである。この札を受け取って南無阿弥陀仏と唱えればもう、あなたの極楽往生は確約されている。

札には「南無阿弥陀仏　決定《けつじょう》往生　六十万人」と書かれている。

ただ、この「六十万人」という数字は漠然と「多くの人」という程度の意味であって、一遍は別に、この札を配った人数を細かくカウントしているわけではない。だいたい、我々は行く先々で踊り念仏のライブを行っているが、一回の公演に集まる客数はせいぜい一〇〇人くらいだ。そんな小さなハコを回っているだけでは、一生かけてもこの札を六〇万人に配ることは不可能だ。

一遍は後に、この「六十万人」は自らが作詞した「六十万人頌《じゅ》」の、

六字名号は一遍の法なり
十界の依正は一遍の体なり
万行離念して一遍を証す
人中上々の妙好華《みょうこうげ》なり

というフレーズの頭文字を取ったものだとインタビューの中で語っている。

ただ、それにしてもこの数字はやけに中途半端でもある。

例えば、踊り念仏がもっとメジャーになり、一度のライブに四〇〇人を動員できるまでに成長したらどうだろうか。

ライブを年に八〇公演こなすとして、それを一五年続ければ、念仏札をトータル四八万人に配布できるのである。これまでに一遍が配ってきた枚数も足せば、六〇万人

という数字はあながち完全な絵空事でもない。実は一遍は、密かに本気で六〇万人にこの念仏札を配る気なのではないかと私は思っている。

念仏札を配るプロモーションのことを、一遍は「賦算《ふさん》」と呼んだ。

彼が賦算の全国ツアーを始めたのは三六歳の時だというから、私が一遍と初めて出会った一二八〇年の時点で、一遍はすでにもう六年もこの活動を続けていたということになる。

「そりゃあ、最初の頃は失敗ばかりだったね。全然思いどおりにいかなくて、とても悩んだものさ。中でも、熊野で行った賦算は本当にひどかった」

それは賦算の旅を始めて、まだ一年も経たない頃の話だという。霊験あらたかな熊野本宮の地で多くの人を救おうと、一遍はいつものように念仏札を配った。

そうすると、大抵の人は戸惑ったような顔をしつつも札を受け取って、社交辞令かもしれないが、とりあえずは「南無阿弥陀仏」と返してくれるらしい。一遍は賦算の人数をとにかく増やすことだけを目指していて、形だけでも念仏を唱えてくれればそれで良しとしていた。

ところが一遍は、そこで一人の頑固な僧に出会う。僧は、一遍が差し出した念仏札を絶対に受け取ろうとはしなかったのだ。

「いまは、あなたが勧める念仏に対して信心が起こらない。信心が無いのにこの札を受け取ってしまったら、私は自分の心に嘘をつくことになる」

たちまち一遍と僧は口論になった。

「何を言っているんだ。あなただって僧だろう。あなたは仏を信じているんだから、この札を受け取ったところで決して嘘にはならないはずだ」

「いや、嘘になる。私は仏を信じているし、お釈迦様が遺された経典に書かれた教えも疑いはしない。だが、念仏を唱えるだけで救われるという教えだけは、どうにも安直すぎて私には胡散臭く思えてしまうのだ」

僧であれば、仏を信じる熱い思いは誰しも一緒だ。だが、その信仰をどのように実践するかは、人の数だけやり方がある。

それで方向性の違いからメンバー同士が不仲になり、グループが解散などに至るというのは仏教の世界においても実によくある話だ。結局、一遍はその僧を説得することができなかった。彼は嫌がる僧に向かって、

「信心が起きなくてもいいから、とにかく受け取ってくれ」

と言って無理やり念仏札を押しつけたという。

この事件により、念仏で衆生を救うのだという希望に燃えていた一遍は、初めての大きな挫折を味わうことになった。

「本当にショックだったね。それまでは、念仏に興味があろうが無かろうが強引に札を渡して、形だけでも念仏を唱えてもらうのも立派な人助けだと俺は信じていた。でも、ああやって明確に拒絶されてしまったことで、そんな雑なやり方で本当にいいのか？　という迷いが急に生まれてきたんだ。こんなプロモーションに一体なんの意味があるんだろう？　って一旦悩み始めてしまったら、その日の晩はもう、悶々としてちっとも眠れなかったよ」

一遍は純粋な人間である。

彼は、一〇〇％の善意で行っている賦算を、まさか断る人がいるとは思ってもいなかった。それでこの事件をきっかけに、賦算の目的と意味について、苦悶しながら改めて己に問いかけ始めたのである。

だが、求道者が大輪の花を咲かせる時には、その前に必ず何らかの産みの苦しみを味わうものだ。一遍も同様に、この時に受けた衝撃を糧にして、さらなる飛躍を遂げることになる。

「その日の晩、俺は目が冴えてしまって、横になりながらずっと自問自答を繰り返していた。すると、まどろみの中に熊野権現が現れて『お前はまだ阿弥陀仏を信じきれていない。もっと深く、阿弥陀仏を信じてみたらどうだ』と言ってくれたのさ」

その時の様子を、一遍はこう語る。

「まったく、後ろから金槌でいきなり頭を殴られたみたいな衝撃だったね。それを聞いた俺は、真夜中だというのにガバッと跳ね起きて、そこから夜明けまでずっと一人で考え続けたんだ」

夢に熊野権現が現れたと一遍は言うが、現代人の私の目からすると、そんなものはただの深層心理の働きにすぎない。

頑固な僧に念仏を拒絶された一遍は大きなショックを受けて、私たちには想像もつかないような壮絶な思索を脳内で繰り広げた。その作業はきっと、眠りに落ちたあとも無意識下でずっと続けられていて、それが答えを導き出したのだ。

いずれにせよ、原因が熊野権現のお告げであれ深層心理の働きであれ、とにかく一遍はこの経験をきっかけにして、今後の彼の活動の大きな特徴になる、ひとつの考えを固めるに至ったのである。

「そのお告げによって、俺は自分がとてつもなく傲慢な考えに陥っていたってことにようやく気づけたんだ。俺が念仏の素晴らしさを伝えて、相手がそれに納得して、心を込めて唱えたら初めて念仏は効力を発揮するだなんて、いまになって思えば、こんなにも馬鹿げた考え方はないね」

その言葉を聞いた私は、思わず一遍に詰め寄っていた。

「ちょっと待ってくれ一遍。念仏は心を込めて唱えなきゃ駄目に決まっているじゃないか！ 不真面目に唱えたら、極楽往生どころか逆に罰が当たるぞ」

だが、色めき立つ僕に対して、一遍は穏やかに笑って答えた。

「いや、いいんだよヒロ。念仏は別に心がこもっていなくても、不真面目に唱えても十分に効果がある。だいたい俺は、『阿弥陀仏がすべて救ってくれる、俺たちはただ念仏を唱えるだけでいい』ってみんなにさんざん言ってたんだぜ。それなのに、念仏に心がこもっているかどうかを俺があれこれ気にするなんて、おかしいことだよね」

浄土宗をはじめとする念仏の教えの基本は「絶対他力」だ。

「他力本願」というと現代では、他人頼みだとか努力が足りないとか、すっかり悪い意味として使われるようになっているが、本来の意味は真逆だ。

この言葉は、念仏を唱える教えの中では良い意味で使われている。「修行をして自力で極楽に行こうとか、そういう思い上がった小細工はやめて、仏様に謙虚におすがりして、仏様の力（他力）で救ってもらうべきである」というのが、この言葉のもともとの趣旨だ。

一遍は、その「絶対他力」の信念が、それまでの自分は中途半端だったんだと苦笑しながら言った。

「俺が信じる阿弥陀仏は、とても偉大で慈悲深いお方なんだぜ。そんな阿弥陀仏が、ちっぽけな人間の一人一人を捕まえて、お前は信心深いから救ってやろう、お前は怠けていたから救わない、なんて言うわけがないじゃないか。それなのに俺は阿弥陀仏の優しさを疑い、こんな浮ついた念仏では阿弥陀仏に叱られるなどと思い込んで、一人で勝手に焦っていた。実に滑稽なことさ」

一遍は、この時の経験が間違いなく自分にとっての最大のターニングポイントだったと語る。

実はこの事件の前まで、彼が配っていた念仏札には「南無阿弥陀仏　六十万人」としか書かれていなかった。それがこの事件以降、「南無阿弥陀仏　決定往生　六十万人」というフレーズに変わった。

新しく追加された「決定往生」という力強い四文字からは、念仏を唱えればすなわち極楽往生が確定するのだという、彼のゆるぎない信念がうかがえる。

「それで、熊野のその事件以来、俺はもう決して阿弥陀仏を疑わないって決めたんだ。念仏の質だとか量だとかは関係ない。ただ一遍唱えれば、お前はもう極楽往生している。それが阿弥陀仏の力なんだ。すごいと思わないかい、ヒロ」

それを聞いて、私は思わず笑ってしまった。

私の周りにいた時衆の僧たちは、一遍の言葉にただ感動して、うんうんと何度も頷いていたが、私は科学の発達した現代からやってきた人間だ。神が偉大だとか仏が素晴らしいだとかいう話を素直に信じる気にはなれず、どうしても斜に構えてしまう。

「でもね一遍。念仏をたった一回唱えるだけで極楽往生できるのなら、君はもうとっくに極楽往生が決まっているってことだろ。だったら、二回以上念仏を唱えたところで、そんなものは完全な無駄じゃないか。それなのに、なんで君はそんな苦しい思いをしてまで、肉食を絶ち、妻と子供を捨てて、念仏を広める遊行の旅をしているんだい？」

私の意地悪な質問に、一遍は「参ったな」といったふうに肩をすくめた。

一遍のことだから、それでもきっと強い信念のこもった、含蓄のある答えを返してくれるはずだと私は期待していた。しかし、意外にも彼の口から出てきたのは、迷いに満ちた一言だった。

「うーん。それは本当に難しい質問だね、ヒロ。正直言って、それは俺自身にもよくわかっちゃいないんだ」

そしてその後、まるで喋りながら自分の考えを整理するかのように、一遍はぽつりぽつりと途切れ途切れに語り始めた。

「一つだけ言えるのは、俺はとても心が弱い、ロクデナシの下品な人間だってことさ。そのせいで、心に空きがあるとすぐに不安で満たされてしまうんだ。俺にとっては、人並みに妻子を持って家でゆったりと暮らすよりも、たとえ遊行で苦しい目に遭おうが、常に阿弥陀仏のことを考えて、阿弥陀仏のことで心をいっぱいにしておくほうがずっと楽なんだよ」

いつ野垂れ死にするかもわからない遊行の旅のほうが楽？　一遍の言葉に私が目を丸くしていると、一遍は自嘲的に笑った。

「普通の人間ならば、在家のまま念仏を唱えて、妻子と共に暮らしていても十分に極楽往生はできるだろうね。でも俺みたいなクズは、家とか妻とか子供とか、そんな物を持ってしまうと逆に、いつかそれを失ってしまうかもしれないという不安が生まれて、余計に生きづらくなってしまうんだ」

「物を持っているほうが、不安だって？」

「ああ、そうさ。だから、失う前に自分のほうから何もかもを捨てて、俺にはもう阿弥陀仏しか残ってないという状態にしておかないと、俺は心から安心できないのさ。自分でも手に負えない、とても厄介な性格だよ。……でもね、ヒロ」

そして一遍は、吹っ切れたような穏やかな表情でこう言った。

「最近じゃ、これも阿弥陀仏のお導きなんだと思うようにしてるんだ。阿弥陀仏はきっと、お前はダメな人間だから、人よりも多く念仏を唱えて、たくさんの人にそれを伝えなさいとお考えなのさ。それで、俺にこんな厄介な性格を授けてこの世に送り出したんじゃないかな」

なんという信仰の深さだろう。私には到底、一つの存在をここまで盲目的に信じきることなどできそうにない。

「だから俺はもう、自分の人生はそういうものなんだと諦めて、阿弥陀仏がお導きしてくださる道を素直に進もうと決意したのさ。一度そうやって腹をくってしまったら、いままでの悩みが全部吹き飛んで、ずっと心が軽くなったね」

「じゃあ君は別に、極楽往生のために遊行をしてるわけじゃないのかい」

「ああ、そうさ。念仏を一遍唱えた時点で、もう俺の極楽往生は決まっているんだからね。そこから先の念仏や賦算は、全部俺の気まぐれさ」

「この立派な遊行が気まぐれだなんて、いくらなんでもあんまりだ（笑）」

「おいおい、立派だとか言うのはやめてくれないか、ヒロ。こんなものはね、単に阿弥陀仏が俺にそうしろと言うからやっているだけのことなんだ。別にそれをしたからといって、俺が何か得をするわけでもないし、賦算をしたから俺は他の人より偉いとか、そんなことは一つもない」

そんなことを淡々と、なんの力みもなく語る一遍に、私はただ圧倒されていた。

命をかけて全国を旅して、踊り念仏というキャッチーなアレンジで念仏を人々に広めていった偉大なる時宗の創始者。

だが、私の目の前で照れ臭そうに笑う一遍は、いずれ後の世で日本史の教科書に掲載される偉人というよりは、どこにでもいそうな、ただのシャイな中年男だった。

## 一遍の生い立ちと遊行

ここで、一遍の生い立ちについて少しだけ語っておこう。

一遍は一二三九年、温泉で有名な愛媛県（伊予国）の道後に生まれた。

実家は河野家という豪族だ。河野水軍といえば、源平合戦の頃には泣く子も黙る強力な軍団だったという。一遍の祖父である河野通信《みちのぶ》は河野水軍の頭領で、あの源義経に味方して共に平家と戦ったという輝かしい経歴がある。

だが、河野家の栄華はそこまでだった。

一遍が生まれる一七年前、いがみ合う鎌倉幕府と朝廷との間に承久の乱が起こる。この時に河野水軍は朝廷側に味方したのだが、勝利したのは鎌倉幕府だった。

それで戦後、敗れた河野家は罰せられて一家離散の憂き目に遭う。でも、そのおかげで私は祖父の墓参りに来た一遍と出会えたわけだから、人の縁というのはわからない。

一遍の父は、承久の乱が起こった時にたまたま出家していたため罰せられることはなかった。一族のほとんどが各地に流罪となってしまったことで、彼は修行の途中で僧を辞めて家を継いだものの、河野家のかつての勢威は見る影もなく、もはや静かに消滅するのを待つだけであった。

そんな退廃的な滅びの気配の中で生まれたのが、一遍である。

次男だった一遍は、一〇歳の時に母を亡くしたのを機に、父の勧めで出家した。最初のうちは旧来の仏教を学んでいたが、一三歳の時に大宰府に移り、そこで一〇年以上、浄土宗の修行をしている。一遍があまり昔のことを語りたがらないので、当時の彼がどういうきっかけで浄土宗に転向したのかはわからない。いずれにせよここで、一遍は初めて念仏という存在に出会った。

そんな一遍は一二六三年、仏の道を一旦諦めて故郷の愛媛に帰っている。父が死んで河野家の跡継ぎがいなくなってしまったからだ。仕方なく一遍は河野家の家督を継ぎ、結婚して一人娘も生まれた。だが、当時のことを一遍はこう語る。

「あの頃ときたら、本当にひどいもんだったよ。まさにこの世の地獄を見たね。ほんのわずかな土地を巡って、いとも簡単に人が人を騙し、そして殺すんだ。あの時の悲惨な経験がなかったら、きっと俺も阿弥陀仏のことなど忘れて、そのまま妻と娘と三人で幸せに暮らしていたんじゃないかな。それくらい、俺にとってはショックで、人間不信に陥るようなひどい出来事ばかりだった」

後に私は一遍の故郷で、当時の状況について土地の人に聞いて回ったのだが、この頃どうやら一族の間で激しい所領争いが起こり、身内同士で壮絶な殺し合いが行われたらしい。

この時代の武士にとっては、その程度の骨肉の争いは日常茶飯事なのだが、ナイーブな一遍はそれで心を病んでしまった。とうとう逃げ出すように再び出家して、諸国を遍歴する遊行の旅に出る。一二七一年、一遍が三三歳の時のことだ。

実はこの時、一遍はなんと妻と娘を連れていた。

二人とも出家して尼になり、妻は超一、娘は超二と名乗っていたが、普通こういう修行の旅は、煩悩を振り払うために妻子を捨てて一人で出ていくものではないのか。

私が呆れた顔をしていると、一遍は照れ臭そうに笑った。

「そんな顔をしないでくれないか、ヒロ。あの時に妻子を捨てられなかったことは、自分でも本当に恥ずかしい黒歴史なんだ。時々夜中にふと思い出しては、真っ赤になって一人で頭を抱えているよ」

あらゆる煩悩を振り払い、ストイックに念仏と向き合う究極の捨聖、一遍にもそんな時代があったなんて――驚きを隠せない私に、一遍は言った。

「だから言っただろ。俺みたいなクズは、家とか妻とか子供を持っていると逆に駄目になってしまうんだって。俺は普通の人よりも、肉親への愛情や財産への執着がずっと強いんだ。だからこそ思い切って全部捨てれば不安もなくなるのに、あの頃はまだそこまで吹っ切れていなくて、妻子をどうしても捨てられなかった。本当に往生際が悪いよね」

「たしかに（笑）。でも、いったいどうして君はそんな格好悪いことをしたんだい？」

「そりゃあ、俺が出家するって言ったら、妻も娘も二人して泣きながら、離れて暮らすのは絶対に嫌だって言うからさ。愛する妻と娘が、私たちも一緒に出家するからどうか捨てないでと言ってすがりついてくるのに、それを振り切って一人で家を出るなんて、当時の俺にはとても無理な話だった」

いかにも一遍らしい話だな、とそれを聞いて私は思った。

長い間共に旅をしているとよくわかるのだが、一遍は決して、常に迷いなく自分の道を突き進むような、筋の通った強い男ではないのだ。

彼は私たちと同じように人間臭い悩みを抱え、いつも迷っている。

それで時には首をかしげるようなことを言ったりもするのだが、なんだかんだ言いながらも、最後は決して逃げ出すことなく阿弥陀仏のところに戻ってくる。

それこそが一遍の真の「強さ」であり、途中で脇道にそれたり回り道をしてしまったりするのはむしろ、彼が誰よりも真摯に物事と向き合おうとしていることの何よりの証であろう。

それにしても、女子供連れで過酷な遊行の旅とは大変なことだ。奥さんはまだしも、娘さんはさすがについていくのが厳しかったのでは？　と尋ねたら、一遍の答えは驚くべきものだった。

「ああ。そのために、下働きの男も出家させて念仏坊と名乗らせて、身の回りの世話をさせるために連れて行ったんだ」

なんという、自分勝手な坊さんだろうか。一遍の最初の遊行は、妻と娘に召し使いまで連れての、孤独な仏道修行とはほど遠い旅だった。

「それで俺は手始めに、昔から憧れていた長野県（信濃国《しなののくに》）の善光寺に行くことにしたんだ。善光寺は最高だったね。この地では、様々なインスピレーションを得ることができた」


一遍は善光寺で、彼の人生を変える一枚の絵に出会う。

それは二河白道図《にがびゃくどうず》という、仏教画でよく描かれる定番のモチーフだ。この絵の手前側には人間たちがいて、奥に阿弥陀如来が待つ極楽浄土がある。その間には、両者を分かつように一本の川が流れている。

この川は右半分が水の河、左半分が火の河になっていて、中央にまるで綱渡りのように細い、光り輝く一本の白い道が通って両岸をつないでいる。その白い道の上を、人間が恐る恐る歩いて渡ろうとしている。

ここに描かれた火の河は人間の怒りや憎しみを表現したもので、水の河が表しているのは人間の欲望や執着心だ。そして、その真ん中にまっすぐ伸びる白い道こそが、浄土に行くことを願う清らかな心である。

人々は対岸から呼びかける阿弥陀仏の声を頼りに、火と水の河に落ちないよう気をつけながらこの細い道をたどっていく。つまりこの絵は、阿弥陀仏の救済を画像としてわかりやすく示したものである。

この絵を見た時に一遍は、彼の言葉を借りるなら「背中に雷が落ちたような」衝撃を受けたという。一遍はその場に崩れ落ち、激しく声を上げて泣いた。その時の感動を、彼は振り返ってこう述懐する。

「それまで俺は、阿弥陀仏の救済というものをぼんやりと頭の中に思い描いてはいたけど、それは明確なイメージを伴ってはいなかった。言葉の上での想像でしかなかった阿弥陀仏の救済――それがこの絵を見た瞬間、パッと『腑に落ちた』んだ。ああ、阿弥陀の救いはこの世に間違いなく存在する――そう思った途端、あまりのありがたさに全身の力が抜け、涙が止まらなくなった」

そして一遍は、自分も阿弥陀仏の導きに従って、煩悩の河に落ちることなく、ただひたすらにこの真っ白な道をゆくのだと決意したのだった。

一遍はその後すぐ故郷の愛媛に帰り、菅生《すごう》にある岩屋にこもって修行をした。そこで彼は「十一不二《じゅういちふに》」という、後に踊り念仏のライブパフォーマンスの最後で、アンコールの定番曲のように毎回唱えられることになる偈《げ》を体得した。

十劫のむかし、阿弥陀仏が悟りを開かれた　十劫正覚衆生界
一念でいま、阿弥陀仏の国に往生する　一念往生弥陀国
十も一も、皆同じものさ　十一不二証無生
すべてが平等に、共にここに座るんだ　国界平等坐大会

「一遍」という彼の法名も、この十一不二の精神を表したものである。二河白道図にインスピレーションを受けた一遍にはもう、遊行に出発する前の、心を病んで故郷から逃げ出した弱い男の面影はどこにもない。

善光寺から帰って三年後の一二七三年二月、一遍は再び遊行の旅に出発する。

最初は大坂の四天王寺、和歌山の高野山など、故郷の愛媛県からそう遠くない場所を巡っていたが、その旅の途中からは、ついに妻と娘を家に帰らせて一人で旅をする

ようになった。そして彼はついに、この「十一不二」のキャッチコピーのもと、人々に念仏札を配っていく賦算の活動を始めたのだった。

その途中には先ほど記したような、熊野で念仏札の受け取りを拒否されるといった挫折もあった。だが、一遍はそんな苦難も自らの力に変え、念仏札に刻まれた「決定往生六十万人」の達成に向けて、ますます力強く賦算を行っていくのである。

## 踊り念仏の始まり

一遍のトレードマークとも言える踊り念仏だが、意外なことにそれは、一五年にわたる彼の賦算の旅の後半の、たった一〇年間しか行われていない。

旅を始めた直後の一遍は、他の遊行僧と同じように普通に念仏を唱えていただけだった。彼が踊り念仏を始めたのは、遊行がスタートしてから五年も経ってからのことだ。

しかも、踊り念仏は実は一遍のオリジナルではない。一遍よりも三百年も前に、それを始めた人物がいる。

その人物を、空也《くうや》という。

日本史の教科書などで、二又の鹿の角がついた杖を突いて立ち、ぽかんと口を開き、口から何かを吐き出しているお坊さんの真っ黒な木像の写真を見たことがないだろうか。

吐き出しているのは六体の小さな仏像で、それが像の唇と針金で繋がれているので、何も知らずに見るとなんのことかさっぱり意味がわからずに笑ってしまいそうになる、インパクト抜群なあの像だ。

実は、あの像が空也である。空也が南無阿弥陀仏と唱えたら、その六文字が六体の阿弥陀仏の姿になって空に飛んでいったという伝説のシーンを描いたために、こんな奇妙な姿になっている。

空也は一遍よりも三四〇年ほど前に生まれたレジェンドで、一遍の時代にはすでに歴史上の偉人といった位置付けにあった。

一般的には念仏と言えば法然のイメージが強いが、日本で初めて「南無阿弥陀仏」という言葉を口で唱えたのは空也だと言われている。つまり、空也こそが念仏のパイオニアなのだ。

空也について語る時、一遍はいつも少年のように無垢な表情になる。

「空也は俺のすべてさ。人生のすべてを彼から学んだ」

そう断言する一遍の活動には、たしかに空也の影響が色濃く感じられる。

空也は一つの寺に留まることなく、全国を旅しては橋や道を作るなどの慈善事業を行いながら、南無阿弥陀仏という言葉を人々に教えて回った。一遍の賦算の旅は、その空也の事績にあやかって始められたものだろう。

　空也が始めたという踊り念仏は、なにぶんにも三世紀以上も昔のことであり、具体的にどのような踊りであったのかはよくわかっていない。京都に疫病が流行した時に、病魔退散を願って始めたものだというエピソードだけが残されている。

　だから、踊り念仏というプレイスタイル自体は空也が考案したものだが、踊り方や鉦のリズムなどはすべて一遍のオリジナルだ。そして、記念すべきその第一回は、どうやら自然発生的に起こったものであるらしい。

「初めて踊り念仏をやったのは、長野県（信濃国）の伴野《ともの》で念仏会《ねんぶつえ》を開いた時のことだね。伴野には伯父さんの墓があったんだ」

　一遍は、日本各地に流罪になった河野一族が眠る地の近くを通りかかると、少し遠回りになっても必ず立ち寄って、その墓に手を合わせることを欠かさない。

「俺は伴野で念仏会をする前に、伯父さんの墓に参って菩提を弔うことにしたんだ。優しい伯父さんだった……それで、墓前で手を合わせながら伯父さんの顔を思い出していたら、なんだか急に感情が込み上げてきちゃってね。そのせいで、たぶん俺の中で何か普段とは違うケミストリーが生まれていたんだと思う。その日の念仏会はどこか、ただならぬ雰囲気が漂うものになった」

それまでの一遍の法会は、みんなで集まってただ延々と南無阿弥陀仏を唱え続けるだけのものだった。それが徐々に、いつもと違う様相を呈してきたらしい。

「みんなが唱える念仏に、なんだか狂おしい情念のようなものが宿っていたんだ。ライブが進むうちに、その声がだんだんと鬼気迫るものになってきて、そのうち感極ってすすり泣く声まで混じり始めた。すると、念仏を唱えていた地元の僧の一人がいきなり奇声を発して立ち上がり、狂ったように踊りだしたんだ」

なんと、初めての踊り念仏は一遍自身が始めたのではなく、念仏会に参加していた名もなき地元の僧が始めたものだったのだ。

「みんなもびっくりして、どうしたんだとその僧に尋ねたら、『嬉しい、嬉しい』って大笑いしながら何度も叫んでるんだよ。そいつは興奮状態で言葉は支離滅裂だったけど、要するに、念仏を唱えているうちに阿弥陀仏と一つになれたような気がして、それであまりの嬉しさに、思わず踊り出してしまったらしいんだ」

「なんだいそれは。とんでもないこともあるもんだね」

私が呆れたように言うと、一遍は嬉しそうに微笑んだ。

「ああ。でも、それを聞いた途端、俺はハッと気づいたんだ。そうだよ、これこそが念仏の究極の姿じゃないかってね。すぐさま俺はその僧のところへ駆け寄っていって、肩を組んで一緒に踊ったんだ。そうやって踊りながら念仏を唱えているうちに、俺も阿弥陀仏と一つになれたような気がしてきて、俺は周囲の人に、みんなも一緒に踊ろうぜと叫んだ——そこから先は想像にお任せするよ。結局、俺たちは夜通し踊り狂って、次の朝にはもう、みんな死んだようにそこら中の地面に転がっていた」

この伴野での伝説の一夜をきっかけに、一遍の踊り念仏が始まったのである。

## 躍進する踊り念仏

踊り念仏という新たなパフォーマンスをひっさげた、一遍の快進撃が始まった。それを熱狂的に迎え入れたのは、名もなき庶民たちだ。

彼らはそもそも念仏が大好きだ。それまでの寺と坊主が、極楽往生するためには功徳を積め、功徳とはすなわちお布施だ、と偉そうに言っていたところに、南無阿弥陀仏と唱えただけで極楽往生させてもらえるという念仏が登場したのだから、誰もが喜んで飛びつくのは当然だろう。

それに加えて、一遍の踊り念仏は楽しいのである。楽しい上に極楽往生できるなんて、彼らにとってこんな都合のいい話はない。

遊行の旅を続ける一遍が通り過ぎたあとには、まるで桜並木のように、彼が種をまいた踊り念仏が次々と花を咲かせていった。一遍を慕い、彼の後について自分も遊行をしたいと時衆に加わる者も少しずつ増えていった。私が参加した時には一五人ほどだった時衆は、今では三〇人近くになっている。

そうなると時衆の中にも、もっともっと多くの人に賦算をして、もっともっと多くの人を念仏で救ってやろうじゃないか、と言い出す者も出てくる。

彼らは熱い表情で一遍に詰め寄った。

「一遍上人、ここはみんなで鎌倉に行きましょう。大都会の鎌倉で踊り念仏の巨大な野外フェスを開いて、いままでに例がないくらいの大人数に一気に賦算をするんです。それで注目されれば、ひょっとしたら幕府の目に留まって、スポンサーになってもらえるかもしれないじゃないですか！」

# Chapter.3 デスロード・トゥ・カマクラ

## 過酷なライブツアー

鎌倉で巨大な野外フェスを開くことを最初に主張したのは、一遍の右腕と呼ばれていた弟子の他阿《たあ》だ。

我々時衆は、少し風変わりな法名《ほうみょう》を名乗っている。「阿弥陀仏」の前に漢字一文字をつけたものを名前にするのだ。他阿の正式な法名は「他阿弥陀仏《たあみだぶつ》」である。私は、弘之という本名にちなんで「弘阿弥陀仏《こうあみだぶつ》」という名前をつけてもらった。

ただ、それだと長ったらしいので、普段は省略して他阿と呼ぶ。他の人の法名も同様だ。でも一遍は、私のことをなぜか「弘阿《こうあ》」ではなく、親しみを込めて未だに「ヒロ」と呼んでくる。

時衆の連中は基本的に貧乏人ばかりで知恵も学問もない。そんな中で他阿は読み書きができ、その上よく気が利いて、ビジネスセンスにも長けた賢い男だった。

彼は自分から進んで、一行の露払いの役目を務めた。

何人かの手伝いの僧と共に半日ほど先を進み、一遍と時衆が到着するまでの間に、宿泊場所の確保と食事のお布施の依頼、踊り念仏についての説明などの下準備を済ませておくのである。

他阿のおかげで、行き当たりばったりだった私たちの旅は格段に快適で順調なものになった。それまでは、お布施を断られて何も食べる物がないとか、寝床が足りずに野外で寝るといったトラブルが頻繁にあったが、ほとんどなくなった。

いつしか他阿が露払いをすることが当たり前になり、気づけば他阿は時衆の中で自然と、マネージャー的な立場に収まっていた。

ツアーの日程と行先は、彼が一遍と相談して決定する。

時衆が徐々に巨大になり、踊り念仏のライブ会場も大がかりなものになってくると、他阿の準備も入念なものになった。他阿は自分の会場入りをさらに早めて、一遍が到着する数日前には前乗りし、周辺の村人たちを集めてステージの設営を指揮するまでになっていた。

そんな他阿は、踊り念仏をメジャーにすることに命を懸けた熱い男だ。彼はいつも鼻息荒く、時衆の将来像とそれに向けたプランを熱心に語っていた。

「いまの時衆は、一遍のカリスマ性を全然生かしきれていない。もっと戦略的にマネージメントすれば、一遍は弘法大師《こうぼうだいし》にも肩を並べるくらいのビッグネームになれる逸材だと私は信じている。私のプロモーションで踊り念仏が日本の仏教界を席巻して、それによってこの国のすべての人たちが極楽往生を果たす――それが私の夢なんだ。そのためなら、私はなんだってやる」

だが、そんな他阿に対して、一遍は常にどこか冷めたような態度をとり続けた。一遍は後に、当時を振り返ってこう語っている。

「他阿のやり方が、本当に俺のやりたかったことなのかは正直よくわからなかった。でも、あの時の時衆は勢いに乗っていて、何をやっても許されるという雰囲気があったからね。俺がそれに水を差すのは申し訳ないと思ったんだ。それで、俺はわけのわからぬままに周囲の熱気に押されて、ただ無我夢中でツアーを続けていた」

私自身、当時の空気感を実際にその中で体験していたわけだが、たしかにあの頃の時衆は本当に無敵だったと思う。

インターネットどころか電話もない時代だというのに、噂話の伝わるスピードは本当にすさまじい。それは先に現地入りしている他阿のプロモーションの成果でもあったが、どの村にたどり着いても現地の人たちが「時衆がやってくる」と期待に満ちた目で私たちを待ち構えていた。

「もちろん、歓迎してくれるファンの気持ちはありがたかったさ。でも、俺はそもそも、俗世間のあれこれに心を煩わすのが嫌で故郷から逃げてきたようなクソ野郎なんだぜ。そんなどうしようもない奴が時衆を何十人も引き連れて『ああ、ファンたちの期待に応えなきゃ』なんてあれこれ心を煩わせているんだ。こんな滑稽なことはないだろ？　それならば最初から何も捨てずに、おとなしく家にいたほうがずっと気楽でいられたじゃないか」

しかし、我々時衆はそんな一遍の本心にちっとも気づいていなかった。私たちはただ、「自分たちはすごい」という万能感に酔いしれていた。

——この踊り念仏があればきっと、鎌倉でも巨大なムーブメントを起こせる。ひょっとしたら、念仏の力でこの社会を変えられるかもしれない。

すっかり己を見失った私たちは、阿弥陀仏の本願とかけ離れた、そんな煩悩まみれの野心に囚われていたのだった。いまになって思えば、一遍はいち早くこの危うさに気づいていた。そして私たちに、何度も何度も警鐘を発してくれていた。

それなのに私たちときたら、そんな一遍の態度を弱気すぎると断罪して「あなたは我々のフロントマンなんだから、もっとしっかりしてもらわないと困る」などと文句を言っていたのだから、本当に愚かだったと思う。

「マネージメント面で苦労したのは、この頃から女性の時衆も増えてきたことだ。そりゃあ俺は女性にも等しく極楽往生してほしいし、遊行に連れて行ってほしいって熱心にお願いされたら、女だからという理由で断るわけにもいかない。それで、ついてきたがる女性にも『勝手にしやがれ』って好きにさせていたんだが、男女が毎日そこいらへんで一緒に雑魚寝しながら旅をしていれば、トラブルはやっぱり避けられなかった」

我々は平泉、松島を通り過ぎ、海岸沿いを南下して茨城県（常陸国《ひたちのくに》）に入っていた。その頃には時衆の人数は三五人以上に膨れ上がり、そのうち七名が女性だった。

すべての人間は阿弥陀仏の前に平等だというのが時衆の教えである。だから男女の区別はしない。当然のことながら彼女たちも、踊り念仏が始まると狭い舞台に一緒に上がって、すし詰めになりながら共に汗だくになって踊る。

私は高校三年生の時に鎌倉時代にタイムスリップした。みんなで鎌倉に向かっていたこの当時の年齢は一九歳で、女性に興味があって仕方のない年頃だ。一遍に失望されたくなかったので絶対に手は出さなかったが、私だって男だ。心中は穏やかではない。

ふとしたはずみで肌が触れてしまうような至近距離で、汗だくの女性が恍惚の表情を浮かべて踊り狂っているのである。激しく動いているうちに、襟が緩くなったり裾がまくれ上がったりすることだって当然ある。

そんな時に偶然その女性と目が合ったりすると、ひょっとしたら私に気があるんじゃないか？　などと都合のいい勘違いをしそうになる。自制心を保つのは本当に大変だったが、それは他の若い時衆の男たちも一緒だった。

茨城県のあたりで新しく時衆に加わった、海一《うみいち》という若い尼がいた。時衆が名乗る法名は、男の場合は「他阿弥陀仏」のように漢字一文字に阿弥陀仏を足したものだが、女の場合は漢字一文字に「一」を足した名前を使うことが多い。海一は海沿いの漁村で生まれ育った娘で、雄大な故郷の海にあやかった名前がいいと彼女が言ったので、一遍がこの名をつけてやった。

海一が仲間に加わった途端、時衆の中の空気がどこか変わったような気がした。なんとなく男どもの落ち着きがなくなったのだ。

これまでも、時衆に参加して一緒に旅をしてきた女性はいた。だが彼女らの年齢は皆三〇歳前後だった。それに、厳しい遊行の旅に加わりたいと自ら志願するくらいだから、誰もが己の体力に自信があり、男のように勇ましい性格をしていた。

それに対して、海一はその時一五歳だった。

彼女は幼い時に母を病気で失い、つい最近、父が漁の途中に船が難破して帰らぬ人となった。天涯孤独の身になってしまった彼女は、このまま村で暮らしていても食っていける気がしないし、それならば父母の菩提を弔いながら遊行の旅をするほうがずっとましだと言って、時衆に加わることを志願してきたのである。

そんな「普通の女の子」がたった一人加わったことで、時衆の若い僧たちは、これまで意識せずに済んでいた「女」を急に意識しだすようになってしまった。加えて、海一は取り立てて美人というほどではなかったが、愛嬌があって比較的肉付きのよい体形をしていたことが、時衆の男どもをさらに惑わせることになった。

「俺はもう四十も過ぎて枯れてるから別に何ともなかったが、若い男どもにしてみたら毎日が生殺しみたいなものだったろうな。それも仕方のないことさ」

一遍は坊さんのくせに、馬鹿正直にそんなことを言う。

私も旅の途中でいろいろな僧に会ってきたが、鎌倉時代の僧は、現代の比ではないくらい尊敬されている代わりに、現代では考えられないほどに戒律を厳しく守っている。肉を食べたり酒を飲んだりしたら地獄に落ちると真顔で信じているし、女に手を出すなんてのは言語道断だ。

一遍は時衆を束ねるリーダーなのだから、弟子たちが若い女を見て鼻の下を伸ばしていたら、厳しく叱りつけて規律を引き締めるのが当然だろう。それなのに、その一遍自身が「人間だしそれくらいは仕方がない」という程度の認識なので実に締まらない。

結果として、茨城から千葉（上総国《かずさのくに》）に入ろうかという所で事件は起こった。

私たちはいつものように、宿を借りた寺の本堂でみんなが思い思いに雑魚寝をしていた。その時、たまたま海一の隣に寝転がっていた若い僧が、ふと夜中に目が覚めた時に海一の寝姿を見て欲情に駆られてしまい、一時の衝動にまかせて彼女に抱きついてしまったのである。海一が抗って声を上げ、周囲の者たちもすぐに気づいて引きはがしたので事なきを得たが、この事件が時衆に与えた衝撃は大きかった。

「正直言ってショックだったよ。俺はメンバーを信じていたからね。そりゃあ、すぐ隣に若い女の子がいたら誰だってソワソワするだろうけど、それでも阿弥陀仏を信じる気持ちのほうが強いはずだって俺は思っていた。でも、人間はそんな甘いもんじゃなかった」

そう語る一遍のまなざしは、優しさの中に底知れぬ悲しみを湛えていた。

「どんなに自制心で押さえつけても、俺たちの心の底には野獣が住んでいる。俺は人間の善性に期待して、できるだけルールで縛ることは避けてきたんだが、それじゃダメだってことを痛感したのさ」

私も時衆の一員として、一遍をここまで追い込んでしまった責任がある。私の心はチクリと痛んだ。だが、一遍はすべてを達観したような遠い目をして、寂しげに微笑みながらこう言うのだ。

「二河白道を外れずに渡りきるのは、本当に難しいことだね」

この事件のあと、時衆の中でのルールが厳しくなった。

目的地に着くと、それまでは各自が好き勝手に自分の場所を確保して雑魚寝していたが、尼僧だけは一か所にまとまって、可能であれば別の部屋に寝るようになった。時衆は遊行に必要な十二の道具を「十二光箱《こうばこ》」と名付けた箱に入れ、その箱を担いで旅をするのだが、寝る時には尼僧たちの周りに全員分の十二光箱を集め、ぐるりと囲むように配置して、男が入り込まないための壁にすることになった。

一遍という男は、面倒な人付き合いを人一倍嫌うくせに、なんだかんだ言って非常に面倒見がいい。

海一は自分が揉め事の種になってしまったことを気に病んでいたが、一遍はそんな彼女の目をじっと見つめて「お前は何ひとつ悪くない、お前は俺の仲間だ、堂々とするんだ」ときっぱり断言し、優しい言葉をかけて丁寧になぐさめた。

耐えきれずに海一に抱きついてしまった若い僧に対しては、

「心の弱さは恥ではない、お前の罪は俺の罪でもあるし、共に阿弥陀仏に懺悔をしようじゃないか」

と言って必要以上には咎めなかった。

その優しい態度が、若い僧にとっては逆に心をえぐられるほどに堪えたらしい。彼は号泣しながら自分の非を悔いて、それ以降、生涯を通じて二度と問題を起こすことはなかった。

そして一遍は、時衆の面々にはこう宣言してこの問題に幕引きをした。

「さあ、みんなで南無阿弥陀仏と唱えよう。それでこの件は終わりだ。心から悔い改める気持ちがあれば阿弥陀仏はお許しくださるし、俺たちはまたやり直せる」

その後、みんなで声を揃えて唱和した南無阿弥陀仏は、どこかほろ苦い響きがした。


実際のところ一遍は、一見すると無頓着に見えて、時衆内で問題が起こらないように、人知れず細心の気配りをしていたのだった。時に海一の件のようなトラブルが起こることはあっても、似たようなことが二度と起こらぬよう、問題が後々まで尾を引かぬよう、一遍の対応は常に丁寧で的確だった。

だが、事情を知らない外部の人間は、実際に問題が起こっているかではなく、問題を起こしそうかというイメージだけで判断する。

踊り念仏は男女が隣り合って汗だくになって踊る。それを見て「こんなふしだらな踊りをしている奴らだ、陰で色々あるに決まっている」などと一方的に決めつけ、私たちが夜な夜な淫《みだ》らな行為に耽《ふけ》っているはずだと根拠のない邪推をする人間は後を絶たなかった。

　まして、頭の固い古い人間たちは踊り念仏に批判的だ。

　彼らは、神聖なる仏道修行に踊りなどという娯楽を持ち込むとは何事かと、つねづね苦々しく思っている。だからこそ彼らは、彼らにとって都合のいい噂を聞きつけると、「それ見たことか」とばかりに、ろくな検証もせずにこれが真実だと吹聴して回った。一遍がどれほど気苦労をしながら時衆たちを厳しく律したところで、最初から踊り念仏の粗捜しをする気でいる彼らの結論が変わることはないのだ。

「ツアーが長引くにつれ、時衆の中で不協和音が大きくなってきたのはわかっていた。でも、それに対して俺一人が何をできると言うんだ？　時衆はビッグビジネスになりすぎていたんだ。膨れ上がった時衆は、もはや俺一人の手でどうこうできるような代物じゃなかった」

　当時を振り返って一遍はそう述懐する。

「そう。それは雪の斜面を転がり落ちていく雪玉みたいなものさ。周りに新しい雪がどんどんくっついて膨れ上がって、その勢いはもう誰にも止められない。自らの重さに堪えきれなくなって粉々に砕け散るまで、俺たちは転がり続けるしかなかったんだ」

　外部の人間からすると、当時の我々は順調そのものに見えていたはずだ。

一遍の教えに賛同し、遊行に加わる時衆の数はどんどん増え、人数が増えると踊り念仏の迫力もずっと増す。そうしてパフォーマンスの質が上がると、ますますそれに惹かれて信者が増えるという、一見すると好循環のような状態が続いていた。

岩手で私が見た頃の踊り念仏は、納屋を壊した廃材を使って建てたような、貧弱なステージでも十分に事足りていた。でも、いまそんなステージで踊り念仏を披露したら、あっという間に床板は踏みぬかれ、柱が折れて倒壊してしまう。

他阿は、一遍が到着する半月ほど前には現地に先遣隊を派遣し、会場の設営作業に着手するようになった。公演日程も三つ先まで計画が組まれるようになったので、おのずと先遣隊の数も三つに増えることになる。

彼らは開催地の村長と綿密な打ち合わせをしながら公演の準備を進め、公演が終わると休む間もなく、また三つ先の公演予定地に向かって旅立つのだ。

そうなると当然、その時の気分で行先を変えるわけにはいかなくなる。

以前の遊行は、一遍が時衆たちと相談して、比較的その場の気分でいいかげんに行先を決めていた。

訪問した村で、この先に行けばこんな面白い場所があるという話を聞けば、迷わず予定を変えてそこに向かった。それで、寄り道した先でもまた面白い話があればさらに道を逸れ、いつの間にか最初に向かっていた先からずっと道を外れてしまい、戻るのも面倒だからもういいかと、行先自体をまるまる変えてしまうなんてことがざらにあった。

それは自由で気ままな、まさに一遍が追い求めていた「何者にも縛られない生き方」を体現するような旅だった。誰もが笑顔で、予期せぬハプニングに遭ってもそれを苦難だなどとは考えず、「こっちの方角はやめておけと阿弥陀仏が言っておられるのだろう」などと言って予定を変えればおしまいだった。それによって賦算の機会を失っても、別になんとも思わなかった。

そんな初期の旅とは対照的に、この頃は他阿の優れたマネージメントのおかげで、黙っていても常に安全で快適な旅が提供されるようになっていた。

用意される舞台も立派になり、パフォーマンスは洗練され観客動員数もずっと増えた。このままいけば、六〇万人に賦算するという一遍の途方もない目標も、案外あっさりと達成できてしまうのではないかと思われた。

だが、これはあとになって振り返ってみると、危うい諸刃の剣でもあった。

先々の村で待ってくれている観客たちのことを思えば、病人が出ようが雨風が激しかろうが、無理してでも先に進むしかなかった。びっしりと詰め込まれたスケジュールを、こちらの勝手な都合で崩すわけにはいかなかったのだ。

そんな窮屈な旅が少しずつ積み重なっていくうちに、当時の私たちはちっとも気づいていなかったが、踊り念仏は次第に「喜び」から「責務」に変わっていた。順調そのものに見えるライブツアーと、内部で顕在化しつつある軋み。大きな矛盾を抱えながら、我々はひたすらに鎌倉を目指した。

## いざ鎌倉へ

時衆の中にも、様々な考え方の者たちがいる。中でも鎌倉に行こうと最も強硬に主張したのは、セールス面での成功を夢見る他阿と、他阿の意見に賛同する鼻息の荒い連中だった。

彼らの頭には、臨済宗の開祖・栄西のサクセスストーリーがある。京都で受け入れられなかった栄西は、鎌倉に拠点を移して大ブレイクを果たした。日蓮が何度流罪にされても鎌倉に戻り、あくまで鎌倉での成功にこだわったのも、この時代の多くのムーブメントが鎌倉を起点にしていて、あらゆる最新トレンドがこの地から発信されていたということと無関係ではないだろう。

鎌倉に幕府が開かれて、もう一〇〇年近くが経つ。日本の首都である京都から遠く離れたこの地は、それまでは草深い田舎にすぎなかった。京都の貴族たちは武士たちを見下し、野蛮人どもが文化の真似事をしていると馬鹿にしたものだが、そんな貴族たちの嘲笑などお構いなしに、武士たちは日々成長する鎌倉の地で様々な新奇なものに挑戦し、それを発信し続けた。

それは最初のうちはたしかに、貴族たちの猿真似だったのかもしれない。だが、それも一〇〇年続くと少しずつレベルが上がってくる。古い伝統に安住し、停滞しきっていた京都の公家文化を後目《しりめ》に、鎌倉ではこれまでに無かった新しいカルチャーが次々と花開いていた。

——武士たちならきっと、これまでの常識に囚われず、良いと感じたものを素直に良いと評価してくれるはず。

時衆はこれまで、頭の固い批評家たちの厳しい批判にさらされ続けてきた。だからこそ、鎌倉ならば踊り念仏もきっと受け入れられて、一躍メジャーになれるのではないかと他阿たちが考えたのも無理はなかった。

ただ、一遍はその激しいパフォーマンスからは想像もつかないが、その素顔はとてもシャイで人見知りな、静謐《せいひつ》を愛する男だ。

そんな彼にとって、大都会・鎌倉で人波に揉まれるのは実に気が重いことだったに違いない。それでも、念仏を広めて多くの人々を救いたいという他阿らの熱い思いに押し切られ、一遍は鎌倉に向かうことを渋々了承した。

「鎌倉が近づくにつれ、俺はナーバスになっていた。巨大になりすぎた時衆のマネジメントに、これまで経験したこともない大きな会場でのライブ。眠れない夜が続いた。あの頃の俺は、心の中で何度も阿弥陀仏に尋ねたものさ。『阿弥陀仏よ、あなたは本当に、俺にこれをさせたいのかい?』ってね」

当時を振り返って、一遍は苦笑交じりにそう語る。

それでも、阿弥陀仏を心から信じる一遍の瞳には一点の曇りもなかったし、連日の踊り念仏のパフォーマンスは圧巻の出来だった。みんなが疲れきっていたが、狂乱の中ですっかり感覚が麻痺していて、不思議なほどに疲労を感じなかった。

我々が埼玉県(武蔵国《むさしのくに》)を越え、鎌倉のある神奈川県(相模国《さがみのくに》)に入った頃には、私たちの周囲には常に祭りのような人だかりができていた。このあとに鎌倉で巨大なフェスを開催するつもりなんだと我々が言うと、観客たちがぞろぞろとあとをついてきてしまったからである。

埼玉から鎌倉までなら、歩きでも数日で行って帰ってこられる距離だ。ならば、せっかくだからこの伝説的ライブツアーに同行して、結末を最後まで見届けようというのである。そんな観客の数は少しずつ増えていって、鎌倉に近づく頃には二〇〇人を超えていたのではないだろうか。

私たちは行く先々で歓迎を受け、立派な寺に案内されてそこで眠った。

五〇人近い時衆のメンバー全員が眠れる布団などあるはずもなく、相変わらずの雑魚寝だが、雨風をしのぐ建物があるのだから我々はまだいい。私たちのあとをついてきた人々は自分たちの食糧と鍋釜を担いで歩き、我々が泊まるとその建物の周囲で思い思いに野宿していた。

一遍はその様子を見て、在家の彼らが野宿しているのに、すべてを捨てた僧である我々が屋根のあるところで寝るのはおかしいと言って、自分も野宿すると言い出して聞かなかった。そんな頑固な一遍を時衆が総出でなだめ、最後はついてきた村人たちも涙ながらに、

「そんな理由で一遍上人に野宿をさせてしまったら、自分たちが勝手についてきたせいで一遍上人にいらぬ苦労をさせたことになってしまう。それはあまりに心苦しい」

と訴えたことで、ようやく一遍も折れて寺の中で眠ることにしたのだった。

そういった揉め事を毎日のように繰り返しながら、私たちは鎌倉に向かった。

他阿をリーダーとするローディーたちはすでに鎌倉入りしていて、ライブの会場選定とステージの設営に向けて奔走している。だが大都会鎌倉でのライブには、これまで我々が経験したことのない様々な障害があった。

地方の村は管理がゆるいので、村長さえ許可すれば即座にライブを開催できた。だ

が、幕府の本拠地である鎌倉でライブをやろうと思ったら、どうしても幕府の認可を得なければならない。

　とはいっても、見た目には薄汚い浮浪者の集団と大差ない我々が、幕府の責任者と簡単に話ができるはずがなかった。他阿は幕府の政庁にアポなしで飛び込んでみたらしいが、当然ながら門番に棒で叩き出されていた。

　鎌倉まであと一日ほどのところに、「なかさこ」という村がある。私たちはその地に留まり、どうすれば幕府と話をつけられるか、あれこれ議論を重ねていた。

　踊り念仏を実際に見てもらえれば、幕府のお偉方にもその素晴らしさを理解してもらえる自信はあった。殺人的なスケジュールでステージを連日こなすうちに、我々のライブパフォーマンスは極限まで無駄が削ぎ落とされ、もはや鬼気迫るレベルにまで練り上げられている。

　たとえば、鎌倉での各種イベントの開催権限をもつ政所《まんどころ》の長官（別当《べっとう》）か次官（令《れい》）あたりの屋敷に呼んでもらい、目の前で踊り念仏を披露する機会が作れればベストなのだが、あれこれ八方手を尽くして探し回っても、そんな強力なコネがそうそう転がっているわけがない。せっかくここまで来たけれど、ライブは断念するしかないかという諦めムードが時衆の中に漂っていた。

　すると数日後、鎌倉に入っていた他阿が慌てた様子で戻ってきて、興奮した声で一遍に報告した。

「一遍上人、チャンスだ。いま、執権の北条時宗《ほうじょうときむね》が鎌倉の政庁を出て、所領の山内荘《やまのうちのしょう》にいるらしい」

執権・北条時宗。

政所の長官どころではない、彼こそが鎌倉幕府の最高権力者である。彼がOKと言えば、その決定には誰も逆らうことはできない。

「山内荘からの帰りの道端で待ち伏せして、執権に私たちの踊り念仏を見せつけてやろうじゃないか。それで私たちのパフォーマンスが執権の心を摑んだら、間違いなくライブの許可は下りる。これは時衆の、一世一代の大勝負だ！」

## 鎌倉ライオット

一二八二年三月一日は、私にとって生涯忘れられない日となった。そしてそれは同時に、時衆にとっても大きな転換点のひとつとなった、鎌倉ゲリラライブの行われた日でもある。

鎌倉幕府の最高権力者は将軍ではない。将軍は、血筋の良さだけで天皇に選ばれた貴族が京都から派遣されてくる。将軍はただのお飾りであり、その下で実務を司る執権がすべての権力を握っている。

その執権が我々の踊り念仏を見て興味を持ってくれたら、鎌倉でのライブ開催どころか、幕府の後押しを受けて私たち時衆が一気にスターダムを駆け上がることも夢ではなかった。現に臨済宗の栄西は、鎌倉幕府とのタイアップを勝ち取ることで、禅を日本中に普及させることに成功したのだから。

執権・北条時宗は我々のことなど当然知らないだろうし、興味もない。

でも私たちには、目の前で実際に踊り念仏を見たら心を奪われないはずがないという、過剰なまでの自信があった。

絶対に執権を振り向かせることができる、俺たちならできるという確信に胸を躍らせながら、私たちは即席の路上ライブの準備を始めた。

移動中の執権を待ち伏せてのゲリラライブなので、いつものようなしっかりとした舞台を組むことはできない。

とはいえ、踊り念仏のあの特有のグルーヴの核となっているのは、床板を激しく踏み鳴らす豪快な足音のリズムである。柔らかい土の上で演じては魅力が半減してしまうので、私は他阿に、現代で言うところの簀子《すのこ》を作ることを提案した。

近隣の村から板と角材の提供を受け、即席の簀子を何枚も作った。そしてそれを二枚重ねにして置いてみたら、板と板の間にできた空間で足音が響き、いつものような迫力ある音圧を確保することができた。

「執権の一行は、山内荘を出て巨福呂坂《こぶくろ》に向かっているらしい」

執権の動向を探るため偵察に出ていた僧たちが、そのような情報をもたらした。

私たちは急いで巨福呂坂に先回りして道の脇に簀子を二段に敷きつめ、即席の舞台を作り上げた。時衆の僧たちがその上に立ち、我々についてきた人々が周りを取り囲む。さらにその外側には、騒ぎを聞きつけて近所から集まってきた野次馬たちが、これから一体何が始まるのかもよくわからぬまま、ざわざわと騒ぎ立てながら人だかりを作っていた。

ゲリラライブとはいえ、これはもはや、野外フェスと言っても過言ではない——

私は簀子の上からその壮観を眺めて、深い感動にただ打ち震えていた。

何百人もの人たちが、期待に満ちた目で我々の一挙手一投足を見つめている。

私たちについてきたコアなファンたちは、一遍と共に念仏をコール&レスポンスして極楽往生を果たす喜びで目を輝かせているし、その後ろにいる野次馬も、これから始まる未知のイベントに心を躍らせている。

そうだよ。これが踊り念仏なんだ。人々を熱狂に駆り立て、極楽浄土にいざなう。念仏の前にあらゆる人間は平等で、踊っている間は我々は阿弥陀仏とひとつだ。一遍が理想とし、追い求めたものがここにある——

その時の私は、そんな陶酔の中をふわふわと漂っていた。当時の一遍が抱えていた葛藤を知ることもなく――

「一遍上人が出られる前に、誰かが前座をやらないか」

他阿が時衆たちに呼びかけたので、私は元気よくハイハイと手を挙げた。

芸能といったら能と猿楽くらいしか存在しないこの時代で、私は鉦を叩くリズムに8ビートや16ビートを取り入れることを提案し、現代仕込みの縦ノリやヘッドバンギングを時衆に伝授した。それは人々の度肝を抜き、「ヒロの考えた踊りは独創的で誰よりも激しい。阿弥陀仏と一体になった喜びがあふれ出ているようだ」と、みんなが私の踊り念仏を褒めてくれた。

そしてこの頃にはすっかり、私は時衆の中でも屈指のパフォーマーというポジションに収まっていた。

ダンスの経験者でもなんでもない私がみんなに踊りの指導をしている状況はもう笑うしかないが、現代人にとっては当たり前のリズムと動きも、鎌倉時代人の目には、信じられないほどに強烈で魅力的なダンスに映るらしい。私が現代の音楽のエッセンスを注入した結果、踊り念仏は私が加入する前と比べると、ずっとソリッドでエッジの効いたパフォーマンスに進化していた。

そんな私がオープニングアクトを務めることに、誰も異論はなかった。私は舞台中央に進み出ると、簀子の周りを囲む村人と野次馬たちに呼びかけた。

「みんな聞いてくれ。これから、執権・北条時宗公がこの道を通る」

その言葉に、観客たちが不安げにざわついた。

「大丈夫。何も心配はいらない。だって我ら時衆は、執権殿にこそ一緒に念仏を唱えて踊ってほしいと思って、ここまでやってきたんだ。今日この場所で、私たち庶民と執権殿が共に手を合わせ、一緒に念仏を唱えて踊る。そうすることで平和な世界がやってくると我々は信じている。だから、みんなも私たちの夢に力を貸してほしい」

そんな台詞を口にしながら、その実、私だって心の中は不安でいっぱいだ。だが、自分がシャンとしなければみんなが権力に飲み込まれてしまう。空元気をふりしぼり、私は胸を張って大声を張り上げた。

「まずはこの弘阿弥陀仏が、一遍上人よりも一足先に極楽浄土への露払いを務めさせてもらう。みんな、私の声に合わせて南無阿弥陀仏と唱和してくれ。そして、阿弥陀仏の救いを受けて喜んでいる私たちの姿を、執権殿に見てもらうんだ。そうすればきっと、執権殿も踊り念仏の素晴らしさをわかってくれるはずだ。準備はいいかい？それじゃあいくぜ――」

そして、ありったけの息を吐きだして叫んだ。

「一遍踊って、死んでみな！」
その絶叫と共に、私が拍子木を激しく打ち鳴らすと、すかさず鉦を担当する僧がツクックツクックと閉じたハイハットのような金属音でリズムを刻み始めた。このあたりの奏法は、なるべく現代のドラムセットに似たサウンドになるよう、私があの手この手で苦心して改良を加えながら時衆に導入していったものだ。
最近では、ハイハット代わりの鉦に加えて、スネア代わりの小太鼓、タム代わりの大太鼓も新たに加わった。バスドラの代わりになるのは僧たちの足音だ。時衆の作り出す音がだいぶバンドサウンドに近くなってきたので私も満足だ。
四小節ほど足音で前奏を奏でたところで、私がリードを取って念仏を唱え始める。
なーむーあーみーだーぶーつー
すかさず男の僧たちの念仏が、私の声に被せるようにあとに続く。
なーむーあーみーだーぶーつー
最後に尼僧たちが1オクターブ高い声でコーラスを被せて、序盤の山場を作る。
なーむーあーみーだーぶーつー
分厚いコーラスと地鳴りのような足音がガッチリと噛み合った時、その迫力に圧倒された観客たちから「おおおお」という大きなどよめきが起こった。

つかみはOKだと確信すると、私はすかさず大声で聴衆に向かって呼びかけた。

「まだ後ろのほうで黙って突っ立ってるみんな。さあ、前に来て一緒に念仏を唱えようぜ！ そして、もう南無阿弥陀仏と唱えてくれているみんな。気分はどうだ？」

私が拳を突き上げると、観客から「おおう」という力強い答えが返ってきた。

「いいぞいいぞ。踊れ踊れ！ ――もう一度聞くぞ。気分はどうだ？」

間髪入れず、さらに大きな返事が返ってくる。観客の反応はいつになく良い。これは伝説に残るライブになると私は確信した。

「さあ、念仏を唱えてみんな踊るんだ。体が勝手に動いたら、それを止めちゃいけない。弥陀と共にある喜びを、包み隠さず踊るんだ。一遍踊って死んでみな！」

掛け声と同時に、私はサッと右手を挙げて合図を送った。それを見た鉦と太鼓のリズム隊が、一斉に賑やかなフィルインを決める。

もう何度も何度も、ステージの上で繰り返してきた熟練のコンビネーションだ。磨き抜かれた私たちの演奏には一分の乱れもない。タイトなリズムに勢いを得た時衆の僧たちが一斉に南無阿弥陀仏と唱和すると、圧倒された観客たちから思わず、驚きと歓喜が混じったような叫び声が沸き起こった。

私の役目は、執権の北条時宗が来るまでに客席を温めて、ベストの状態で一遍に引き渡すことだ。

私はみんなを導くように拳を突き出しながら、力の限り南無阿弥陀仏と客席に呼びかけた。すると観客たちも、それに応えるように南無阿弥陀仏と精一杯の大声で返してくれた。

会話がなくとも、南無阿弥陀仏の六文字だけで成立するコール&レスポンス。

私はこの名号が持つ大きな力に、これまで何度も驚かされてきた。互いの目を見て同じ言葉を唱えるという、ただそれだけのことで、いま偶然この場所に居合わせただけの名も知らぬ人々とも、心が一つになれたような気がしてくる。

これが——本当の音楽だ！

本当の音楽が繰り出す強烈なパンチを喰らえば、時の最高権力者、北条時宗の心だってきっと動かせるに違いない。私たちの力で、世界を変えるんだ！

## 真打ち登場

込み上げる高揚感に酔いしれながら私が観客をしきりに煽っていると、遠くから一人の時衆が大慌てで駆けてくるのが見えた。

「来たぞ！　こっちに向かって来てる！　すぐそこだ！」

その叫び声を聞いた私は、ならば自分の役目はここまでだと、すかさず舞台袖を指して観客の注意をそちらに向けさせた。

その指の先にいる人物こそが、我らの希望。満を持しての真打ち登場だ。

東北地方をぐるりと徒歩で一周しつつ、この三か月で二〇回近くの過酷なステージをこなし、踊り念仏を広め続けた仏教界いちの働き者。

家族も財産もすべてを捨てて、ただ阿弥陀仏の導きに従い、南無阿弥陀仏の六字の名号にその身を委ねる、究極の捨聖。

「法名は智真《ちしん》、号は一遍。さあお待ちかね、天下にその名を轟かす、我らが一遍上人のお出ましだ、カモン！」

私はさんざん煽って観客の期待感を高めたあと、そう言って一遍を舞台の中央に招き入れた。

一遍は簀子の上に立つと、軽やかに小走りで中央までやってきた。

彼はこの時四四歳。この時代の人間は栄養状態が悪く、肉体を極限まで酷使して生きるので、現代人と比べたら誰もがざっと二〇歳は老けて見える。現代ならば働き盛りの年齢とされる四〇代半ばも、鎌倉時代の感覚ではそろそろ力仕事ができなくなり、隠居を考えるような年齢にあたる。

一遍の顔にも、厳しい風雪に晒されてできた深い皺が刻まれていて、現代の感覚だと見た目の印象は六〇代くらいだ。だが、驚くほどにその動きはキレがあって身軽だった。

一遍はステージの中央に立つと、厳かに合掌して頭を下げた。その瞬間だけ、背後で鳴り続けている南無阿弥陀仏の大合唱がスッとやんで、一遍の周りだけ凪のように無音になったような気がした。

「今日は俺たちの踊り念仏に集まってくれて、みんな本当にありがとう」

いや、音がやんだのではない。

一遍の圧倒的な存在感によって、私のすべての集中力が持っていかれて、彼が発する言葉以外の音がまったく意識に入らなくなったのだ。圧倒的なまでのカリスマ性である。人の心を問答無用で虜にしてしまう何かを、この人は持っている。

「いま、すぐそこに執権が来ているらしい。だけど、そんなことはみんな一切気にしなくていい。なぜだかわかるかい？　阿弥陀仏の前に、すべての人は等しく救われる存在だからさ」

一遍の言葉を聞いた途端、居並ぶ観客の目にぱっと希望の光が灯る。そんな光景を、私はこれまでにも何度もすぐ隣で見てきた。

「阿弥陀仏は、執権も武士も、僧も百姓も、すべての人間を余さず救おうとされている。そんな阿弥陀仏の目から見たら、俺たちは誰もが罪深い人間なんだ。多少の金を持っていようが、権力があろうがたいして変わりゃしない。いいかい、金持ちも貧乏人も、俺たちも執権も、みんなが等しく阿弥陀仏に救われるんだ。寺に寄進ができなくとも、経のひとつも読めなくとも大丈夫。どんな悪人も、どんな貧乏人も、これさえ唱えれば極楽往生は確定だ――さあ、腹から声を出せよ！　いくぞッ！」

そう言って一遍が、ひときわ芯の通った低い声で「南無阿弥陀仏」と唱えた。

すると、それを聞いた村人たちも雷霆《らいてい》に打たれたように一斉に手を合わせ、一心不乱になむあみだぶつと唱え始める。

そうやって必死で念仏を唱えているうちに感情が昂ぶり、恍惚とした表情で脱力して地面に跪く者、はらはらと涙を流す者、興奮して奇声を発する者――反応は皆それぞれだが、誰もが思い思いに、己の中に湧き上がってくる歓喜を自分なりのやり方で表現していた。

やっぱり、一遍の念仏は違う。ほんの少し唱えただけで、あっという間に人々の心を摑み取って、熱狂の渦に叩き込んでしまった。

ライブ開始時に中天にあった太陽が少し西に傾いていたので、公演開始からもう一時間くらいは経っただろうか。

このあたりの時間帯が、私たちと観客の体力もまだ残りつつ、序盤の緊張感がほぐれて没入感が高まる、ライブで一番のゴールデンタイムだ。会場の熱気は、最高潮に達していた。

その時、群衆の後方で何やら騒がしい音がした。知ったことかと私が無視して念仏を唱え、全力で頭を振り続けていると、後ろから誰かに肩を叩かれた。振り向くと、肩を叩いたのは一遍だった。

「ヒロ。執権が来てるぞ」

そう言うと一遍は私の耳元に口を近付け、いたずらっぽく言った。

「みんな、さすがにビビってる。いま、このステージ上で普段どおりなのは俺とヒロだけだぜ——一発、かましてやれよ」

言われてみれば、たしかに舞台上の時衆たちの顔色が冴えない。ついさっきまで無心に踊っていた時衆たちが、いまや誰もが恐怖に押しつぶされそうな顔をしながら、抗うかのようにいっそう激しく手足を動かしていた。そんな時衆たちの緊張が伝染して、ライブ会場全体の空気が重苦しく淀み始めている。

現代人の私は、この時代の常識からは自由だ。

そんな私の振る舞いを、周囲の人たちは破天荒だと言って恐れた。そんな中で一遍だけが唯一、「ヒロは本当に、何ものにも囚われない開いた眼をしているなあ。俺の一番の友だよ」と言って面白がってくれたものだ。

いまこそ、そんな私が一遍の役に立つ時だ。

私は大きく胸を張って足を踏ん張り、ありったけの息を吸い込んで叫んだ。

「なーむー！」

会場にいきなり轟いた、ひときわ大きい私の雄叫び。

ちょうどその時、執権とその家来たちの一団は群衆をかき分けて舞台の前に進もうとしていた。彼らは私の叫び声を聞いて、ぎょっとした顔で一斉に私のほうに目を向けた。

一団の中でもとりわけ上等そうな着物を着て、体の大きい馬に乗った三〇歳くらいの精悍な男と目が合う。おそらくあれが、執権・北条時宗だろう。

教科書に出てきた人と会ったの、これで二人目だな――無我夢中の私の頭にふと、そんな脈絡のない考えが浮かんだ。

私は一息に、その言葉の続きを全力で叫んだ。

「あーみーだーぶーつッ！」

負けてたまるかという私の気迫が、その場の空気をねじ伏せた。

裂帛《れっぱく》の気合のこもった私の南無阿弥陀仏に尻を蹴られるようにして、時衆のメンバーたちはハッと我に返った。そして勇気を取り戻し、私に続いて力強く南無阿弥陀仏を唱和し始めた。その声からはもう、執権に対する怯えは消え去っていて、すっかり普段の時衆らしさを取り戻していた。

焚火に向かって思いっきり風を送り込んで火の勢いを強めるように、私は盛んに手足をばたつかせ、復活したその勢いを煽った。そうしながら、時々チラチラと北条時宗のほうに目をやる。

北条時宗はにこりともせず、こちらを睨んでいた。

馬に乗ったまま人垣をかき分け、恐ろしいほどの無表情で少しずつ私たちのほうに近づいてくる最高権力者。私たちが立っているのはただの簀子の上だから、近づくと馬上の時宗は我々を上から見下ろす形になる。

そしてとうとう北条時宗が、互いの声が届く距離までやってきた。

さあ、対決の時だ。

## 一遍 vs 鎌倉幕府

私は武士たちの無言の圧に負けまいと、必死に声を張り上げて抗った。だが、時宗の脇に控える髭面の侍が先頭に歩み出て刀の柄に手をかけ、

「静まれい！　静まれい！　斬られたいか下郎ども！」

と威圧的に怒鳴ると、時衆も村人も一発でしゅんとなり、鉦鼓を打つ手を止めてしまった。私がどんなに足掻こうとも、打楽器のリズムがなければさすがに踊り念仏は続けられない。

突然音がやんで、沸騰して湯気を噴いていたヤカンに冷水をぶっかけたような、しんとした気まずい沈黙が流れた。

「この鎌倉の地で、かようなる面妖な催しを企てたのは、どこの誰じゃあ！」

居丈高に侍が叫ぶと、一遍は眉ひとつ動かさずに簀子から下り、毅然とした態度で髭面の武士の前に進み出た。

私はそれを見て、一遍を守らねばという思いで反射的に一歩を踏み出し、一遍のすぐ後ろに立った。他阿も同じことを考えたか、ほぼ同時に動いて私の隣に立つ。観客たちはそんな私たちの周りを何重にも取り囲み、誰もが不安そうな顔を浮かべながら様子を見守っていた。

執権がいることを意識してか、一遍は普段はまず使うことのない畏まった口調で武士の問いかけに答えた。

「拙僧は名を智真、号を一遍と申す者。阿弥陀仏の教えを世に広め、一人でも多くの衆生を極楽浄土に救い出さんと、かくなる念仏勧進を行う者でござる」

「このような不埒な踊りが阿弥陀仏の教えであってたまるか！　即刻解散せよ！」

だが、そんな傲慢な侍の指示にも、一遍は怯まなかった。

「阿弥陀仏の広大無辺の慈悲は、あまりにも深く、まことに喜ばしきもの。南無阿弥陀仏の名号を唱えてその慈悲に触れた者は、喜びのあまり体が勝手に踊り出してしまうのでござります。一遍唱えれば極楽往生は決定。どうぞ、貴殿もぜひご一緒に、南無阿弥陀仏とご唱和くださりませ」

「うるさい！　僧と尼が肌を触れ合わせて一緒に踊るなど、まさに地獄に落ちるべき不埒な悪業三昧ではないか。いますぐやめるなら大目に見てやるから、踊りを止めよ。そしてこの鎌倉から即刻立ち去れいッ！」

「去りませぬ。さあ貴殿も、この念仏札をお受け取りくださりませ。これを受け取ってたった一度、南無阿弥陀仏と唱えるだけでござります」

一遍はそう言って、懐から取り出した念仏札を武士に差し出した。

すると武士はビクンと一瞬大きく震えあがり、咄嗟に一遍の手を振り払った。どれだけ脅しても怯えの色をひとつも見せない一遍に気圧《けお》され、むしろ武士のほうが恐怖を感じているのは一目瞭然だった。

「いかがなされたか。さあ、お受け取りくだされ」

次の瞬間、恐れが頂点に達した武士は思わず拳を出していた。

その拳は一遍の下顎をとらえ、一遍はたまらず後方に吹き飛ぶ。吹き飛ばされた一遍を受け止める形になった後方の群衆から、大きな悲鳴が上がった。

「怪しげな札をばらまいて民を煽動し、安寧の世を乱そうとする売僧《まいす》め！　ええい、いますぐ斬って捨ててくれる！」

するとー遍は、よろよろと立ち上がりながら、落ち着き払った声で言った。

「僧に向かって拳を振るうとは、実に穏やかではありませぬな。あれこれ説明するよりも、実際にあなたも念仏を唱えて踊っていただければ、その理《ことわり》をすんなりと理解できます。さあ、どうぞご一緒に」

殴り飛ばされても動じず、涼やかな顔をして念仏を勧めてくる一遍の態度を、気の荒い武士は侮辱だと受け取ったらしい。再び歩み寄ろうとする一遍の頬を武士はもう一度殴りつけ、一遍はまたもや後方に吹き飛ばされる羽目になった。

「きちんと戒律を守る僧であれば、刀を向けるのはたしかに大罪にあたる。だが、お主らは憎き破戒僧。そんなお主らを斬ったところでなんの天罰もないわ。覚悟せい、なまぐさ坊主め！」

殴り倒されて地べたに尻餅をついた一遍に、武士はすらりと刀を抜いて振りかぶった。周囲を囲む観客たちから悲鳴があがる。そして、武士がいままさに一遍を斬り捨てようとした、その時だった。

「待てい！　その者を斬ることはならぬ！」

馬上から凛とした厳しい声が響いて、武士を制止した。その声の主は執権・北条時宗だった。

「し、しかし執権様……」

「いかに不埒なる振る舞いであるとはいえ、僧形《そうぎょう》の者をろくに詮議もせず斬り捨てては仏罰は免れまい。弁《わきま》えよ」

「は……ははっ！」

時宗に睨まれ、冷や汗を流しながら武士は慌てて刀を鞘に戻した。時宗は黙ってそれを見届けると、今度は一遍のほうをギロリと睨みつけて言った。

「踊り念仏の一遍と申したな。ありがたき念仏であれば儂も理解はしよう。だが、それを踊りながら唱えるとは、儂の目には、さすがに仏の道を蔑《ないがし》ろにしているとしか見えぬ。それに、その踊りの激しさよ。このようなものを広めては、いずれ興奮した民草《たみくさ》が暴れ出し、粗暴なる行いに走ることは目に見えている」

その言葉を聞きながら、私はただ、北条時宗の発する威圧感に圧倒されていた。

これでも彼の年齢は私と一〇歳ほどしか変わらない。だが、執権の嫡男として生まれた彼は、きっと幼い頃から、お前は次の日本の支配者になるのだと言われながら育ってきたのだろう。なんの取り柄もない平凡な高校生として、のほほんと緊張感なく育てられた私などとは、もう人間の造りが根本から違う。

「そなたのような者でも、曲がりなりにも念仏の教えを説く僧である以上、仏法に免じて首を斬るようなことはせぬ。だが、その不埒なる念仏は即刻中止し、真摯に仏に仕えて僧としての務めを全うせよ」

そう告げる時宗の声は冷たく、目つきは人を睨み殺しそうなほどに鋭かった。眉間に刻まれた深い皺が、彼の歩んできた苦難の人生を雄弁に語っていた。

## 執権・北条時宗

私はその時、日本史の教科書に書かれていた内容を思い出していた。

いまの私にとって、日本史の教材は退屈な勉強道具などではなく、自分を取り巻く社会情勢を学べる新聞であり、最強の予言書でもある。不慮のトラブルを避けるため、使い物にならなくなった携帯電話は山奥に穴を掘って埋めたが、日本史の教科書と資料集は捨てるにはあまりに惜しかった。それで厳重に布にくるんで十二光箱の奥底に隠し、肌身離さず持ち歩いているし、鎌倉時代の部分はもう丸暗記するほどに何度も読み返している。

文永・弘安の役《えき》——俗に言う「元寇《げんこう》」。

二度にわたってモンゴル軍が海を渡って日本に攻めてきた時、鎌倉幕府は九州でそれを迎え撃った。「てつはう」という火薬を使った兵器や、日本とまったく異なるモンゴル軍の集団戦法に幕府軍は苦しめられるが、最後はモンゴル軍の船が暴風雨で大きな損害を受けたこともあって、なんとか撃退に成功する。

その元寇の一度目があったのが八年前の一二七四年のこと。そして二度目の元寇は一二八一年――つまり去年のことだ。

このモンゴル軍との戦いの総指揮を執ったのが、私の目の前にいる北条時宗である。


なお、この戦いで鎌倉幕府はなんとか勝利を収めたが、攻めてきた敵を追い払っただけなので一円の得にもならず、命がけで戦ってくれた武士たちに褒美を与えようにも与えられる土地がなかった。それによって幕府に対する武士たちの不満が高まったことも一因となって、鎌倉幕府は徐々に衰退して約五〇年後に滅亡する。

要するに北条時宗という男は、たまたまそういう国難の時代に生まれてしまったがために国内外の様々な問題に頭を悩ませる羽目になった、非常に不運な執権だったということだ。

資料集にはその名前の横に（一二五一―一二八四）と書いてあった。つまり、彼はこの二年後に三〇代半ばで若死にするということだ。

そういう目で見てしまうと、たしかに時宗の顔色は悪く、目の下には隈ができていて、この先あまり長くはなさそうに思えた。体格はよく虚弱な体質には見えないので、あまりにも過酷な心労が彼の心身を蝕んだということだろう。

そんな北条時宗に冷たく睨まれても、一遍は眉毛一つ動かさず、朗々とした声でこう答えた。

「お言葉ですが執権殿。我々は別に、興奮して暴れたいわけでも、不埒なことを行っているわけでもございませぬ。これは、かの市聖《いちのひじり》、空也上人が三百年の昔に始められた、ありがたき踊り念仏をいまの世に蘇らせたもの。南無阿弥陀仏の名号を唱え、阿弥陀仏にお救いいただけたという喜びを感じたら、誰もが自然と体が動き、感嘆の声が出てしまうものです。それを妨げず、生きたければ生きよ、踊りたければ踊れと、ただ天地自然のなすがままに任せるべしというのが、我々の教えにございます」

「そのような言い訳、聞くに堪えぬ」

北条時宗に一切の譲る気配はない。一遍は諦めずに食い下がった。

「いいえ、言い訳ではございませぬ。ご覧くださりませ執権殿、この場に集い、共に踊っている民草の嬉しそうな顔を。皆が思い思いに己の命を楽しんでおりましょうぞ。この姿こそが、我が踊り念仏の追い求めるもの。そして国の政《まつりごと》としてこれを見た時、これぞまさに鼓腹撃壌《こふくげきじょう》、唐国《からくに》の古《いにしえ》の聖帝の世にも劣らぬ、素晴らしき光景だとは思われませぬか」

するとその言葉が何かの逆鱗に触れたか、時宗が眉を釣り上げて一喝した。

「すべて阿弥陀で解決できるならどんなに楽か！　世の中はそう簡単ではないッ！」

その怒鳴り声に、間髪入れずに一遍が怒鳴り返す。

「すべて阿弥陀で解決するよりほかに、やれることが無い者たちもいるんですよッ！」

交錯する二つの強い意志。二人の怒号は雷鳴のごとく周囲に鳴り響き、その激しさに誰もが息を呑んで、事のなりゆきを不安げに見守っていた。

一遍はふうと大きく息を吐いて心を鎮めると、ゆっくり手を上げて、周囲を取り囲む何百人もの観客たちを示した。

「この者たちは皆、阿弥陀の救いを求めております。それを力で封じ込めることが果たして、国の政を預かる者の役目なのでございましょうや」

観客たちはすっかり踊り念仏の虜になっているから、ぜひこの素晴らしい念仏を許可してほしいと、すがるような目で北条時宗を見つめていた。

自分に向かって無言で訴えかけてくる、何百もの純粋な瞳。時宗はほんの少しだけ怯んだ様子でそれをしばらく眺めていたが、とうとう耐えかねたように目を逸らしてそっぽを向いた。そして吐き捨てるように呟いた。

「巧言を弄するでないわ、一遍とやら……」


その苦しまぎれとも思える一言に、私は心の中で「勝った」と思った。

もし北条時宗が踊り念仏にひとつも価値を見出していなかったら、きっと即座に刀を抜いて、自らの手で一遍を斬り捨てていたはずだ。だが、時宗はそうしていない。そればかりか、この場に集った民衆の圧にたじろいで無意識のうちに目を背けた。

それは、私たちの踊り念仏が確実に北条時宗の心を捉えた何よりの証だ。一遍を殺したり踊り念仏を禁止したりすることに対して、時宗は間違いなく躊躇している。一遍もそれを見て取ったか、落ち着いた声で時宗を諭した。

「いえいえ。我々は、言葉巧みに執権殿を言いくるめようというのではございませぬ。我々が望むものはただ一つ。執権殿にもたった一言、南無阿弥陀仏と唱えていただきたいのです」

「む……」

北条時宗が熱心な禅の信者だという話は我々も耳にしていた。

彼は中国から招いた禅僧を師匠と仰ぎ、元寇の戦いで亡くなった者たちを弔うために今年、鎌倉に円覚寺《えんがくじ》を建てたと聞いた。そんな筋金入りの禅宗ファンの彼が、一遍の勧めに従って南無阿弥陀仏と唱えたならば、それは踊り念仏の布教について執権の公認を得たのとほぼ同じ意味となるだろう。

「我々はただ、誰もが生きたいように――」

「だ、誰もが生きたいように勝手に生きていては、国は守れぬッ！」

一遍の言葉を遮るように発した時宗の言葉は、まるで悲鳴だった。それはきっと、国難に翻弄され思うままにならぬ人生を送ってきた時宗の、心の底から出てきた本音の叫びだったのだろう。

北条時宗は、明らかに迷っていた。あともう一押しすれば絶対に落ちる。

ここで一気に言葉を畳みかけて時宗を説き伏せ、南無阿弥陀仏のたった六文字を彼に唱えさせれば我々の勝ちだ。私たちの夢である、鎌倉での巨大野外フェス開催。幕府の大々的なプロモーションと共に行う大規模全国ツアー。そんなものが現実となる未来を想像し、私は胸を躍らせて一遍の次の言葉を待った。

だが、一遍は黙っていた。

こういう論戦の時に、相手に考える時間を与えてしまうのは一番の悪手だ。何をしているんだ一遍、とっとと勝負を決めてしまえ、と私はやきもきした。

しかし一遍はさっきから、苦りきった北条時宗の表情を気の毒そうな顔で無言でずっと眺めているだけだった。

そして最後に、やれやれと小さなため息をつくと、時宗とその周囲にしか聞こえぬような小声でボソリとつぶやいた。

「……我々時衆には、我々時衆の義がある。執権殿にもきっと、執権殿の義がおありなのでしょうな」

その言葉を聞くや否や、深い皺が刻まれた北条時宗の眉間がパッと開いた。

時宗は驚いたように顔を上げると、しばし呆然と一遍の顔を見つめた。

そしてその後、心情を吐露するような訥々《とつとつ》とした口調で、ぽつぽつと言葉を発し始めた。

「儂は、この鎌倉を背負っておる……すべての武家と民草の安寧と平和が、我が双肩にかかっておるのじゃ。まさかそれを、こんな浮世を捨てた気楽な僧都《そうず》に言い当てられるとは思わなんだ……」

その言葉を聞いた一遍は満足げに微笑むと、黙って大きく一回頷いた。

慈愛に満ちた一遍の笑顔に背中を押されたのか、北条時宗は今度は確信に満ちた口調で、一遍に向かって力強くこう言った。

「一遍とやら。たしかに、阿弥陀仏を信じるお主の思いは純粋なものなのかもしれぬ。だが、踊り念仏が広まり、お主以外の者がその教えを継いだ時、お主の純粋な思いが果たしてずっと、純粋なままで変わらずに伝わり続けると思うのか」

執権にそう問われ、私は心の中で「うっ」と言葉に詰まった。

我ら時衆の最大の弱点は、一遍のカリスマ性に頼るワンマン宗派だということにある。北条時宗は、私たちのステージをほんの少し見ただけでそれを鋭く見抜き、痛烈な指摘をぶつけてきたのだった。

少し前に起きた海一の事件もそうだが、時衆のメンバーたちだって別に、金石のごとき強い意志を持った聖人君子などでは決してない。一遍という強力な磁石のそばにいる間だけ、弱い我々はかろうじて磁力を保てているのだ。この先、磁石がなくなったあとに自分たちはどうなってしまうのか、私たちは考えるのも恐ろしくて、その問題からずっと逃げ続けていた。

執権の問いに、一遍は沈黙したまま答えない。答えられないのだ。ただじっと、目を逸らさずに無言で北条時宗と向き合っている。

「儂は執権の責務として、世を騒がせ、民草の安寧な暮らしを乱す者を認めるわけにはいかぬ。一人でも多くの者を極楽往生させようと願う、お主の切なる思いを止めはせぬ。だが、やはり踊り念仏を野放図に独り歩きさせることはまかりならぬ。いますぐ鎌倉を出て、どこへなりとも行くがよい」

北条時宗はそう言い残すと、馬の手綱を操ってくるりと背を向け、振り向きもせずゆっくりと去っていった。

これは、我々の負けだと言っていいだろう。

私たちの踊りは、たしかに「北条時宗」という一人の人間の心を動かしたのかもしれない。だが、日本の政治を預かる「執権・北条時宗」の施政方針を変えるには至らなかったのだ。我々は鎌倉幕府とのタイアップを勝ち取るどころか、鎌倉への出禁を食らってしまった。

私の隣に立っていた他阿が、顔をくしゃくしゃにして涙を流しながら言った。

「もう……もうおしまいだ……賦算も……私たちの夢も……」

いつも冷静な他阿が初めて見せた弱気な態度に、私の心もぽきりと折れた。途端に、それまでちっとも気づかなかった体の疲れがどっと噴き出してきて、あっという間に心が萎えていくのがわかった。込み上げてくる無力感と悔しさで目頭が熱くなり、鼻がツンとしてくる。時衆の誰もがつられて泣き崩れ、ステージの上は嗚咽の声でいっぱいになった。

ふと私は、一遍はどんな顔をしているのだろうと気になって、彼のほうにちらりと目をやった。

一遍は涙を流さず、ただ口を閉じ、ずっと遠くの一点を見つめていた。その目には私たちのような悲しみはない。彼の視線の先にあったのは——執権・北条時宗の去りゆく後ろ姿だ。

すると一遍が、いきなり力強い声で北条時宗の背中に向かって呼びかけた。

「執権殿ォ！　南無阿弥陀仏、なむあみだぶつッ！」

その声に、時宗は振り向くこともなかった。一遍の声が虚空に吸い込まれていく。だが時宗はしばらくの後、静かにスッと右手を上げると、

「南無阿弥陀仏」

と一回だけ呟いた。

私たちの目に映るのはその背中だけで、執権の表情は見えない。少し離れていたので、その声も聞こえるか聞こえないかの微かなものだった。それでも執権は間違いなく、南無阿弥陀仏の六文字を唱えた。私たちの念仏を唱えたのだ。

それを聞くと一遍はにっこりと満足げに笑い、時衆たちのほうを振り返った。そしてゆっくりと心をこめて合掌し、嬉しそうに言った。

「これで、執権殿の極楽往生も決定した。ありがたいこと。実にありがたいことだ。ああ、南無阿弥陀仏、なむあみだぶつ――」

## 幻惑と混乱

執権・北条時宗を説得できず、鎌倉入りを許されなかった我々は、もと来た道をとぼとぼと引き返していった。

鎌倉に向かう道すがら、希望に満ちた目で「鶴岡八幡宮《つるがおかはちまんぐう》の前にどでかいステージを建てて、二日間の巨大フェスを開催するんだ」などと夢を語り合っていた我々の落胆は大きかった。中でも、商業的な成功を最も指向していた他阿は、傍目にも気の毒なほどに気落ちしていた。

その日の夕方、宿泊場所となった寺の本堂で、時衆の今後を考えるミーティングが開かれた。まず本堂の中央に他阿が陣取り、その横に一遍を座らせると、二人を囲むように全員が車座になって座った。まだ日没までには少し時間があったが、西日が差し込む本堂は薄暗く、どこか物寂しい。

他阿は自ら話し合いの開始を宣言し、そのまま滔々《とうとう》と自説を述べ始めた。

「全国を回って、もっともっと多くの人に賦算をしよう。踊り念仏の素晴らしさをできるだけ多くの人に知ってもらって、地方で味方を増やすんだ。今日は説き伏せることができなかったが、踊り念仏を支持する声が日本各地で高まれば、執権も我々の声を無視できなくなる。そして今度こそ鎌倉にカムバックして、幕府にライブの開催を認めさせて凱旋公演をやるんだ」

その案に、大部分の時衆メンバーが賛成した。

鎌倉での布教こそ認められなかったが、たぶん北条時宗は我々をそこまで嫌ってはいない。彼が下した鎌倉への出入り禁止処分は、執権としての責任感に基づく政治的判断であろう。

それゆえに、踊り念仏がよりメジャーになり、決して社会に害なすものではないという理解が広がれば、今度こそ執権も認めてくれるのではないかと期待する者は多かった。であれば、いまは下積みに戻ってまた地道に実績を積んで、いつかリベンジを果たそうという発想になるのは自然な流れだ。

「そのためには強力な教団が必要だ。これまで私たちは遊行しかやってこなかったが、やっぱり活動の拠点となる寺を建てて、そこを総本山にして組織的な布教をしていくべきじゃないのか」

他阿がそう言うと、今度は半分弱くらいが賛成の声を上げた。それ以外のメンバーはあまり腑に落ちていないような、煮え切らない表情をしている。

なぜ賛成しないのかと他阿が尋ねても、誰からも要領を得ない回答しか返ってこないので、他阿は焦れたような声で言った。

「浄土宗も浄土真宗も、禅も日蓮宗も、みんなやってることじゃないか！　こんなに多くの信者がいるのに、未だに寺を一個も持っていない私たちのほうがどうかしているんだ。遊行だって、こんな大人数で小さな村に押しかけたらやっぱり迷惑がかかる。だから、グループを三つに分けて、ひとつは一遍、ひとつは私、ひとつは弘阿がリーダーになって別々の地域を回るようにしたらいい。そうすれば、一度にこれまでの三倍の数の賦算ができる。そのほうがずっと効率的じゃないか」

他阿がいきなり、私こと弘阿弥陀仏（弘阿）を時衆の三トップの一人に据えようとしてきたので私は面食らった。

私はなんの取り柄もない、ただの現代人だ。たしかに私の踊りは時衆の踊り念仏に革命を起こしたかもしれないが、こんなものは現代人なら誰だってできることだ。仏教に対する信仰心も未だに微妙な私が、そんな責任ある立場に就くのはさすがに憚られた。

それに何より、私は一遍の踊り念仏に惚れ込んで、バンドの追っかけのような動機で時衆に加わったのだ。それなのに一遍と別行動を取るなんて、それではなんのために自分が時衆に参加したのかわからない。

「ちょっと待ってくれよ他阿。一遍がいてこその踊り念仏だろう。私の力では一遍のような、一体感のあるグルーヴは出せない」

「大丈夫だよ弘阿。踊り念仏の中には、君が編み出したパフォーマンスがいくつもあるじゃないか。君はもっと自信を持っていい。それに、アドリブ頼みだった踊り念仏の奔放なプレイスタイルも、場数を踏むうちに徐々に型が定まってきた。これなら一遍がいなくても、観客を虜にすることはできるはずだ」

そんな他阿の言い分に、私は反射的にむかっ腹が立った。踊り念仏を安易に複製して大量にばらまくようなやり方が、一遍の崇高な魂を商業主義に売り渡そうとしているように感じたからだ。

「他阿。そんなやり方、私は許さないよ。一遍あってこその踊り念仏だ」

私がそう言って食ってかかると、他阿はため息をつきながら反論した。

「……なあ、いつまでも一遍上人頼みじゃあ、だめなんだよ弘阿。あのな、私だってこんなことは言いたくはないが、一遍上人だって寿命のある人間なんだ。いまはこうしてみんなが一遍上人と一緒にいられるけど、この先十年、二十年経ったら絶対にそんなことは言ってられなくなるんだぞ。その時、一遍上人がいないからもうダメだなんて言って、この素晴らしい踊り念仏が消えてしまってもいいのか？」

「ぐっ……」

「私たちはそろそろ、一遍上人に頼りきった状態から独り立ちしなきゃいけない。一遍上人の教えを引き継いで、ずっと後の世まで伝えていくのが私たちの使命じゃないのか？ それを担うのは君のような若い人間なんだ。しっかりしてくれ」

そんな他阿の言葉に対して、私は咄嗟に言い返すことができなかった。

他阿は真面目な男だ。誰よりも一遍の教えに惚れ込み、それを広めて後の世まで残すことを己の使命だと信じている。

それに引き換え、自分のなんと無責任なことか。

阿弥陀仏の力で人々を救おうなんて理想は、はなから頭にない。最近はだいぶ鎌倉時代の考え方に染まってきたとはいえ、私の根底にはやっぱり、神も仏もしょせんは空想の産物じゃないかという、現代的な冷めた考えがある。

私はただ、一遍と一緒にステージに立って、一遍の隣で生きていたいだけなのだ。念仏で人々を救いたいという他阿の崇高な責任感に対して、私はぐうの音も出ない。

ただ一つだけ、私が他阿に反論できるとしたら、

――でも、一遍自身は本当にそれをやりたいと思っているのか？

ということだけだ。

一遍はたしかに、六〇万人への賦算を目指して遊行を続けている。だが一遍は時々、その活動自体に対しても、熱心でありながらどこか冷めていると感じる時があるのだ。

私はすがるような気持ちで思わず一遍の顔を見た。一遍は腕を組んで目を伏せ、さっきから不機嫌そうな顔をしてずっと黙っている。

しばらくの沈黙のあと、一遍が重々しい口調で、いきなり予想もしなかったことを言い出した。

「――そうだな。時衆は、解散しようか」

「はあ？」

突然の一遍の解散宣言に、一同から大きなどよめきが起こった。

「遊行の旅はここで終わりだ。俺は故郷に帰る」

なんの脈絡もなく一遍がそんなことを言い出したので、誰もが事態を理解できず、互いに顔を見合わせて困惑するばかりだった。

幕府に踊り念仏を禁じられたとか、そういう事情があるなら解散しようというのもまだ理解できる。だが、鎌倉での布教こそ許されなかったが、執権は踊り念仏自体は否定していない。それどころか、一遍の問いかけに応えて、禅の信者なのに南無阿弥陀仏と唱えてくれたではないか。それなのに、なぜ。

私たちは一遍の気まぐれすぎる言葉に混乱し、全員が怒り狂って一斉に一遍に詰め寄った。だが、そんな私たちに対して、一遍の答えは驚くほどにシンプルだった。

「だってこんなもん、阿弥陀仏はきっと望んじゃいない」

間髪入れずに他阿が怒鳴り返した。

「そんなこと、阿弥陀仏に聞かなきゃわからないじゃないですか！」

すると一遍は他阿をギロリと睨みつけ、ドスの利いた低い声で言った。

「わかるよ。だってお前ら最近、阿弥陀仏を舐めきってるじゃねえか」

「……え？」

「このところお前ら、俺たちならできる、俺たちの力で阿弥陀仏の教えを広めてやる、なんてことを臆面もなく言いまくってるだろ」

普段は飄々としていて、無責任に思えるくらい物事にこだわらない一遍が、別人のような冷たい目でこちらをじっと睨んでいた。こんなにも怒りを露わにする一遍を、私はいままで見たことがなかった。

「俺が前から口を酸っぱくして言っているとおり、そんなもんはお前らの思い上がりにすぎねえ。どれだけ阿弥陀仏の教えを広めようが、どれだけ善行を積もうが、それは俺たちの単なる自己満足であって、偉いことでも凄いことでもない」

「う……」

「阿弥陀仏の教えを広めている自分たちが凄いってことは、広めてない奴は凄くないってことか？」

「べ、別にそんな……」

「いや、お前らは心の底では絶対にそう思ってる。それで、ツアーに参加してる自分たちのほうが、在家のファンよりも極楽浄土に近いところにいると勘違いしてる」

一遍の口調はあくまで静かだ。だが、その声には深い怒りがこもっていた。

「改めて言っとくがな、阿弥陀仏にとっちゃ、念仏を広めるとか広めないとか、そんなことは別にどうでもいいんだよ。いまのお前らみたいな、自分は凄い自分は強いと思い込んでいる傲慢な態度が阿弥陀仏を一番馬鹿にしているってことに、どうして気づかないんだ」

そう言われて、私たちはひとつも反論できなかった。しんと黙ってしまった私たちを諭す一遍も、いつの間にか泣きそうな顔に変わっていた。

「なあ……どうしちゃったんだよお前ら。俺たちがやりたかったのはこんな念仏なのか？　幕府とのタイアップを勝ち取れば極楽浄土が近くなるのか？　違うだろう？」

もはや、時衆のメンバーは一言も発することができなかった。

「もう、こんなのは嫌なんだよ！　俺はしがらみを捨てたくて出家したんだ。それなのに、時衆のためだとか賦算のためだとか、なんで俺はしがらみだらけになってんだよ。本当にバカバカしい！　だから、時衆はもう解散する。今度の片瀬《かたせ》での踊り念仏が、俺たちの解散ライブだ」

吐き捨てるような一遍のその言い草に、他阿が思わず一遍に摑みかかった。

「そんな！　一遍がいなかったら、私たちはどうなるんだ！　これまでずっと、私たちはお前を信じてついてきたのに、そんな無責任はないだろ！」

「知るかよ！　お前らが勝手に俺のあとをついてきただけだろうが！」

そう言われた他阿が、カッとなって思わず一遍の頬を殴った。慌てて周囲の者たちが一斉に飛びかかって二人の間に割って入り、強引に二人を引き離す。

みんなに必死でなだめられ、距離を離されながらも、他阿と一遍の二人は互いに悪態をつきあうのを止めようとはしなかった。

「もう俺は嫌なんだ！　全部捨ててえ！　全部捨ててえんだよ！」

「この無責任野郎！　お前はもう、そんなことを言ってられるような存在じゃないんだ。お前はみんなの希望の星なんだ！　いいかげん自覚を持てよ一遍！」

二人は長いことそうやって怒鳴り合い、結局この日の打ち合わせは結論など出せるはずもなく、うやむやのうちに終了となった。

そしてその翌朝、私たちは一人の僧の困惑した叫び声によって叩き起こされた。

「大変だ！　どこを捜してもいない！　一遍が時衆から逃げた！」

# Chapter.4　聖地巡礼——はるかなる空也

## すべてを捨てた男

リーダーである一遍の突然の逃亡に、時衆は蜂の巣をつついたような大騒ぎになった。他阿は憔悴しきった顔をしつつも、冷静に時衆を数人ずつのグループに分け、捜しに行く方角を割り振って四方八方を探索させた。

だが、事態は拍子抜けするほどにあっさりと解決した。偉大な我らのリーダーはその日のうちにあっけなく、ボロボロの状態ですぐ近くで発見されたからだ。

一遍は、ただでさえ穴だらけだった墨染の法衣をいっそうズタズタに引き裂かれ、古雑巾のような状態で河原に転がっていた。顔は赤黒く腫れ上がり、目の上と胸元には痛々しい青あざができていた。

「托鉢しようと思って声をかけたら殴られた」

いじけたような顔でそう言う一遍に、いったい誰に声をかけたのかと他阿が尋ねたら、一遍は黙って河原の上流のほうを指さした。

「河原者に乞食《こつじき》したのか⁉」

誰もが驚くというか、呆れ果てた表情で一遍の顔を見つめた。

この時代、河原に住む者は皆の強烈な差別の対象とされている。

一般の者たちは、河原者のことを人間だとすら思っていない。会話すると穢れがうつると信じているので、よほどの用件がなければ声をかけることはないし、河原者のほうも一般人に声をかけることはほとんどない。どうせ心ない扱いを受けて、ひどい目に遭うのがわかりきっているからだ。

そんな河原者たちは、当然ながら自分たちがその日食べる物にも事欠くほどに貧しい。彼らが、よそからフラリとやってきた坊主に寄付してやるような食料を持っているはずがなかった。

「そんなもん、ボッコボコにされて当然だろうが。あいつらは、念仏のありがたみを理解できるような連中じゃない」

「…………」

詰問するような他阿の口調に、一遍は不機嫌に口をつぐんでプイと向こうを向いてしまった。

「本当に、仕方のない奴だな……この調子じゃ、お前を一人にしたらすぐに死んでしまう」

そう言ってやれやれと溜め息をつく他阿の目線は、まるで一遍の母親か古女房のようであった。

他阿は一遍の傷の手当てをして飯を出してやるよう時衆たちに命じると、それ以上は何も言わず、以降、まるでこの逃亡事件そのものが無かったかのように振る舞った。一遍も、自分のあまりの生活力のなさを痛感して観念したのか、その後はもう逃げ出すことはなかった。

## 限界の中で

鎌倉に入ることを禁じられた我々は、ぐるりと鎌倉の外側を回り込んで江ノ島に向かっていた。

鎌倉の西側には境川が流れている。その川が鎌倉の内外の境界線とされていて、その内側の腰越《こしごえ》までは鎌倉だが、川を渡った先の片瀬はかろうじて鎌倉の範囲外となっている。他阿は幕府への当てつけのように、海上に江ノ島を望む片瀬の砂浜を会場に、巨大な野外ライブを企画していた。

江ノ島の弁財天は、将軍や執権からも篤い崇敬を受けている。そこから目と鼻の先にある片瀬でライブを行えば、それは間違いなく鎌倉の市中でも話題になる。このライブを成功させれば鎌倉における時衆の評判も高まるはずで、そう見越しての他阿の会場のチョイスはなかなか巧みなものだったと思う。

他阿が近隣に盛んに宣伝して回ったおかげで、片瀬での野外ライブは大いに注目を集め、これまでに見たこともないような大人数が集まった。おそらく動員は五百人を軽く超えていたのではないだろうか。

だが、順調なプロモーションとは裏腹に、時衆の内部では、突然の一遍の解散宣言に端を発したゴタゴタがまだ一つも解決していなかった。

他阿は激しく一遍をなじり、フロントマンとしての自覚を持つよう促した。

「いいか。何度も繰り返すが、お前は一遍なんだ。たしかに、私たちが阿弥陀仏の本願を見誤っていたことは謝る。数多く賦算をしたほうが偉いとか、賦算できなかったら努力が足りないとか、そんな驕った考えは金輪際すべて捨てる。だが、お前の踊り念仏を待ってくれているファンのことはどうするんだ。このままじゃ彼らを裏切ることになるんだぞ。それでもお前の心は痛まないのかよ！」

「痛まねえよ。そんなもん、そいつらが勝手に俺に期待して勝手に俺を待っているだけだろうが。俺みたいなクソ虫に、なんでお前らはついてくる。なんで俺を独りにしてくれない。俺はすべてを捨てて独りになりたいんだ。ほっといてくれよ！」

江ノ島に向かう道すがら、一遍はずっとこんな調子で駄々をこねていた。だが、先遣隊がもう会場の設営を進めてしまっているし、ライブの告知も始めてしまっている。いまさら一遍に踊り念仏をやらないと言われても困るのだ。

結局、一遍はライブ前日の夜までダラダラと文句を言い続けて、イラついた他阿と何度も口論を繰り返していた。時衆はもはや空中分解寸前で、我慢の限界に達した他阿はとうとう、一遍に向けてこう言い放った。

「もういい！　じゃあ、時衆の解散ではなく、時衆から一遍が脱退するということでどうだ。時衆は、今後も残ったメンバーで踊り念仏の活動を続ける。その代わり、片瀬のライブだけは最後にきっちりとパフォーマンスをやれ。お前の脱退ライブだ。フロントマンとして、それくらいはきちんと責務を果たしてもいいはずだ」

他阿はついに一遍の慰留を諦め、その代わりにとりあえず片瀬のライブに参加することだけは一遍に確約させた。

でも、一遍が脱退したあとの時衆がいったいどうなるのか、我々には全く想像がつかなかった。それは、話をまとめた他阿自身も何ひとつわかっていなかったろう。

西の水平線近くに夕日がさしかかり、片瀬浜全体を赤く染める頃、いつものように踊り念仏のライブは始まった。

会場は超満員だが、私たち時衆の心は重い。

これが一遍との最後のライブだという悲しい現実が、私たちの上にのしかかる。誰もが一遍の不思議な魅力に吸い寄せられるように時衆に加わり、故郷を遠く離れてここにいる。この先、一遍なしで時衆がやっていけるのかという不安もあるが、それ以上に、一遍という巨大な存在を失ったあと、自分はいったい何を心の支えにして生きていけばいいのか、それがより大きな問題として我々の上にのしかかっていた。

各自が悲しみとモヤモヤした気持ちを抱えながら、私たち時衆は片瀬のステージに立った。折しも新緑の季節、頬をなでる潮風は爽やかで心地よかったが、そんなものは誰の心にも入ってこなかった。

踊り念仏を初めて見た観客ならば、それでも私たちのパフォーマンスは素晴らしいものに見えたかもしれない。だが私は、ステージ上の時衆たちの動きが普段よりも明らかに精彩を欠いているのをひしひしと感じていた。

こんな立派な会場で、こんなにも多くの人を集めて、一遍と共に演じる最後のステージなのに、こんな不完全燃焼で終わっていいのかよ——

私はそんな、憤りにも似た悔しさを感じていた。それは何よりも、こんな状況になるのを止められなかった自分自身に対する怒りだ。

だが、私が焦ってどんなにメンバーを煽っても、ちっとも躍動感が出ない。気が張ってそれまで気づいていなかった疲労が、一気に噴出してきていた。

そんな息苦しい状況を覆すこともできぬまま、私はもどかしい思いを抱えた状態で、一遍をラストステージの壇上に迎え入れねばならなかった。

「諸国遊行の旅の途中、踊った夜は数知れず。南無阿弥陀仏の六字を胸に、すべてを捨てて踊り続ける仏教界いちの働き者。法名は智真、号は一遍。さあお待ちかね、天下にその名を轟かす、我らが一遍上人の登場だ！」

もう何度、この口上と共に一遍を舞台の中央に迎え入れたことだろうか。飽きるほどに繰り返してきた台詞は、どんなに疲弊していようが、心が悲しみに満ちていようが、スラスラと勝手に口をついて出てきた。

すかさず、一遍がいつものような軽やかな足取りで、上手《かみて》からステージ中央に向けて駆けてくる。観客は一斉に歓声を上げ、鉦鼓もドンドンチャカチャカといっそう激しく鳴り響いた。いつもならこのままの勢いで、一遍が客を盛り上げて最初の山場を作るのが常だ。

だが、この日の一遍は違った。

一遍はステージ中央に立つと、静かに立ったまま右手を挙げて、鉦と太鼓のリズム隊に演奏を止めるよう目で制した。その目つきの鋭さに、リズム隊が戸惑いながら演奏を止めると、唐突な静寂が訪れて、なんとも気まずい空気が流れた。

お通夜のような雰囲気の中、充分に間を取ったあと、一遍が静かに語り始めた。

「今日は、みんな集まってくれてありがとう」

やけに落ち着いたその呼びかけに、観客たちはオオと叫び声を上げて元気よく応えていいものかもわからず、困惑気味にざわついた。

「今日、せっかく集まってくれたところで悪いんだが、実は俺たちはいま、途方に暮れている。噂を聞いた人もいるかもしれないけど、俺たちは本当なら、いまごろ鎌倉で二日間の野外フェスを開いている予定だった。だが、執権殿のお許しが得られなかった」

いきなり始まった謝罪のMCに、戸惑う観客たちのざわめきがいっそう大きくなる。観客にとっては、我ら時衆の湿っぽい身の上話など知ったことではない。彼らは踊り念仏の噂を聞いて、愉快に踊り明かして極楽往生もできてしまう、最高にハッピーなイベントがあるらしいぞ――くらいの軽い気持ちで、楽しむためにこの場に集まってきているのだ。

私たち時衆はただでさえ誤解を受けやすいので、一遍の名に泥を塗るような不祥事を絶対に起こさぬよう、自分たちを厳しく律していた。だが、その日限りのライブを見に来るだけの一般人の観客たちには、別にそんな面倒な縛りはない。

若い尼僧が着物の裾をからげながら、汗だくになって恍惚の表情で踊る姿を期待して見に来る男も少なくなかったし、客席で一緒になって踊っていた見知らぬ男女が、踊りの興奮のままに目と目を合わせ、そのまま手を取り合って夜の闇の中に消えていく光景もすっかり見慣れたものだった。

むしろ最近では、踊り念仏に対してそういう方面の淫らな楽しみ方を期待する客のほうが多くなりつつあった。それだけに、ライブ序盤の盛り上がりに水を差された観客は、明らかに不満そうな表情を浮かべていた。

そんな観客たちにはおかまいなしに、一遍は自分の本音を吐露した。

「それで、俺たちはこの先どうすればいいのか、全然わからなくなった」

## 心の底からの南無阿弥陀仏

史上最多となる大観衆を前に、あまりにも正直すぎることを一遍が言い出したので私は呆れてしまった。

我々はあくまでパフォーマーなのだから、バンドの内情がどんなに苦しかろうが、そんな舞台裏のゴタゴタはひとまず楽屋に置いておいて、ステージ上では頭を切り替えて観客のためのカリスマを演じるのが、一遍のようなフロントマンの役目ではないのか。だが、一遍はプロのパフォーマーである以前に、あくまで一遍であることをやめなかった。

「わからないから、俺はもう一度、阿弥陀仏に聞いてみようと思う。一三歳で念仏の教えに出会って以来、かれこれ三十年以上、俺はもう何万遍、念仏を唱えてきたかわからない。その原点に立ち返って、これから俺はまったく新しい気持ちで念仏を唱える。もしよかったら、みんなも一緒についてきてくれると嬉しい」

そう言って合掌すると、一遍は朗々とした声でゆっくりと、

南無阿弥陀仏

と一回だけ唱えた。

踊り念仏とは違う、なんのひねりも工夫もない、ただ唱えるだけの念仏。

それは何ひとつ面白味のないものだったが、胸の前で手を合わせ、ひとつひとつ心を込めてその六文字を発声していく一遍の姿は、不思議なほどに神々しく見えた。不満げに文句を言っていた観客たちは、その姿に一発で引き込まれてしまい、息を呑むように黙りこくってしまった。

しばしの静寂のあと、一遍は今度は少しだけ伸ばし気味に声を発した。

なーむーあーみーだーぶーつー

観客が期待していた踊り念仏とは似ても似つかない、退屈な普通の念仏。

それなのに、私はなぜかステージ中央に立つ一遍から目を離せなかった。それは私だけではなく、その場にいた誰もが同じように呆けたような顔で、一遍の一挙手一投足を凝視していた。そして気がつけば私は合掌していたし、他の人たちもみんな、神妙な顔をして胸の前で手を合わせていた。

それは、不思議な光景だった。

誰が始めるでもなく、一遍の念仏に合わせて、みんながごく当たり前のように南無阿弥陀仏と唱和し始めたのだ。その声は次第に数を増し、男の声も女の声も混ざって徐々に大きくなっていった。

南無阿弥陀仏

南無阿弥陀仏！

南無阿弥陀仏‼

多くの人々の声が溶け合い、渾然一体となったその巨大な音は、言うなれば人間の情念の塊だ。阿弥陀仏に己の進むべき道を尋ねたいという一遍のまっすぐな思いに触発され、自然と湧き出てきた魂の叫び。

それは得体の知れない力で、私の心を震わせた。わけのわからない喜びと興奮が体の芯から湧き出てきて、そして私は次第に居ても立ってもいられなくなった。

南無阿弥陀仏！　なむあみだぶつ！

大声でそう唱えながら、私の体が少しずつ、勝手に動き出す。

とても体を止めてはいられなかった。自分でもよくわからないが、体を止めてしまったら申し訳ない、止めてしまってはダメだという意味不明な感情が、私の体をまるで操り人形のように激しく突き動かし始めた。

申し訳ない、悪いって、それって誰に対して？

その疑問がふっと頭に浮かんだ瞬間にはもう、私はすでに理解していた。

そうか、阿弥陀仏か！

阿弥陀仏がせっかく自分を救ってくれたのに、それに応えて体を動かさないなんて申し訳ない。私は柄にもなくそんな信仰心を起こして、阿弥陀仏の慈悲に少しでも感謝の気持ちを伝えようと、体を激しく動かしていたのだ。

本当に、わけがわからない。わけがわからなすぎて笑えてくる。

だけど幸せだ。最高に楽しい。アドレナリンだかドーパミンだか、名前はよく知らないが、とにかくそんな感じの色々な脳内物質が、ごちゃ混ぜになってドバドバ出まくっているのがわかる。私はその脳内物質のほとばしりに体を委ね、ただ本能の命じるままに咆え、踊り狂った。

気がつけば周囲の者たちも、私と同じように踊り始めていた。最初はほんの少しだったうねりが次第に大きくなり、荒海の波濤《はとう》のように激しくなっていく。

そんな中、一遍だけがその中心にいて、波立つ海面から突き出た黒い岩のようにただ一人、微動だにせず合掌して南無阿弥陀仏と唱え続けていた。

一遍は何もしていない。

鉦鼓の伴奏もなく、ただ一人で南無阿弥陀仏の独唱を続けているだけだ。それなのに、その声に自然と引き寄せられるようにして、私たちはその周りで勝手に踊り出し、念仏を唱えて喜びを爆発させている。

そうだ。私たちはいつもそうなのだ。

一遍はいつも変わらない。阿弥陀仏と一つになりたいと一途に願い、一つになるために心を込めて念仏を唱えてきた。私たちは一遍が望んでもいないのに、勝手にその姿に魅せられて周囲に群がり、彼の存在に無責任な希望を見出しては、私たちを導いてくれと一方的に一遍に役割を押しつけた。

そんな周囲の人々に振り回され、いつの間にかぼやけてしまった自分自身の願い。一遍はそれを再確認するため、自らが始めた踊り念仏を一旦捨てて、ただひたすらに南無阿弥陀仏を唱えるという「原点」に立ち返ったのだ。

一遍はいつもブレない。かつて大きなインスピレーションを受けた二河白道図のように、怒りや憎しみの火の河や、こだわりや貪欲さの水の河に挟まれてふらつきはしても、決して河に落ちることはなく、極楽浄土へと続く白く細い道をまっすぐに進んでゆく。

ああ、やっぱりこの人には、かなわない。

私は大きく頭を振り、足を踏み鳴らした。一遍の静かなアカペラで始まった念仏も、いつしか時衆たちの足踏みが加わり、鉦鼓のリズム隊も演奏を再開して、すっかり普段のにぎやかで激しい踊り念仏に戻っていた。

一つだけ普段と違ったのは、ここ最近はパターンが確立して、正直言うとやや惰性で演じていた感のあった踊りが、まるで別物のように生き生きとした、予測不能のスリリングなものに変わっていたことだ。

こうも連日、過密スケジュールでステージをこなし続けていると、踊りの無駄が極限まで削ぎ落とされてくる。たしかに、それによってパフォーマンスの完成度は上がるのだが、それは踊り念仏にとっては諸刃の剣でもあった。

メンバーたちは、踊っている途中にアドリブでたまたま面白い動きが出たら、次からはその動きを自分のレパートリーの中に加えていく。

だが残念ながら、そうやってある程度まで踊りのレパートリーが蓄積すると、人間の常として、誰もがそれ以上は冒険しなくなる。わざわざリスクを冒して新しいことに挑戦しなくとも、いま持っている自分の引き出しだけで十分に観客を満足させられるからだ。

——ああ、アイツまたあの動きやってるな、アイツのあれも以前の焼き直しだ。

最近は、ステージ上でそんなふうに思う機会がずっと増えていた。

そして私たちは、いつの間にか「効率のよい」パフォーマンスに毒されて、気づかぬうちに手を抜くようになっていたらしい。成功体験のあるやり方で身の回りを固め、失敗のリスクのある新しいことは避ける。観客の受けがいいことばかりやって、自分がやりたいと思うことは二の次にする。

それはある程度までは、観客を満足させるために必要なことではあるが、行きすぎると重荷になる。私たちは知らぬ間に、他人の評価を得ることばかりに目が行っていて、なんで自分は踊り念仏をやっているのかという、最初の頃のまっすぐな気持ちをすっかり見失っていたのだ。

だが、今日のライブは違った。時衆のメンバーたちは誰に言われるでもなく、これまで練り上げてきた自分たちの踊りをすべて捨てていた。それで、ただ己の中の荒ぶる心のままに吼え、体を揺らし、足を踏み鳴らした。

それはもはや、芸能として他人に見せられるような代物ではなかった。でもそれは、めちゃくちゃな動きの中に、不思議なほどに人を惹きつける何かを秘めていた。

「南無阿弥陀仏！　南無阿弥陀仏！」

「なむあみだぶっ！　なむあみだぶっ！」

夜空に猛々しく響きわたる名号は、まさに内なる野生の解放、世間という鎖を引きちぎって闇夜に駆け出そうとする、野獣たちの雄叫びであった。

## 一遍の「答え」

ふと頭を上げると、空はすっかり真っ暗になっていた。こんなにも時間が経っているということに、私はまったく気づいていなかった。

ステージ両脇に組まれた丸太からは、誰が火を灯したのか盛んにオレンジ色の火柱が上がっていて、薪の節が爆ぜるたびに火の粉がバチンと、羽虫の群れのように一斉に上空に巻き上がっていた。

ああ、なんて美しいんだろう。

この高揚感、一体感。

そうだ、東北の村で初めて見た踊り念仏もこんな感じだった。あのライブは私にとっては初めての踊り念仏との出会いだったけど、一遍にとってはもう、それまでに何十回もやってきた日課のうちの一回にすぎなかったろう。

では、最近の私たちは、あの時私が感じたような、阿弥陀仏が天から降ってきたような衝撃を観客たちに与えることができていただろうか。

いや、観客だって馬鹿じゃない。過密スケジュールの中でいつしか私たちの中に生まれていた倦《う》んだ気持ちを、きっと敏感に感じ取っていたはずだ。ひょっとしたら、阿弥陀仏も期待していたほどではないなと失望した人もいたかもしれない。

そんなことを考えていたら、私は急に申し訳ない気持ちになってきた。

私は、彼らが踊り念仏の素晴らしさを知る機会を奪ったのだ。それは一生に一度の、その人の人生を変える出会いだったかもしれないのに。

そう思うと気分が落ち込んできて、私はそれを振り払うようにいっそう激しく頭を振った。ぐわんぐわんと回転する視界の中で意識朦朧としながら、たしかに私たちは一度、一遍から離れたほうがいいのかもしれないな、なんてことを思った。

会場の熱気が最高潮に達したところで、それまで合掌したまま直立不動で地蔵様のように微動だにしなかった一遍が、静かに手を伸ばし天を指さした。

途端に会場が、水を打ったように静まり返る。もはや一遍の一挙手一投足で、この大群衆は軍隊のように統率の取れた動きを見せるようになっていた。

「みんな、今日はありがとう。南無阿弥陀仏、南無阿弥陀仏」

一遍が頭を下げてそう礼を述べると、群衆もそれに倣って「南無阿弥陀仏」と返す。打ち合わせなど一切やっていないのに、完璧なまでのコール&レスポンス。

「今日、このステージの上に立つまで、正直言って俺は阿弥陀仏がわからなくなっていた。阿弥陀仏はいったい俺に何をさせたいのか。阿弥陀仏のために何をするのが正しいことなのか。ぐちゃぐちゃ考えていた。悩んでいた。疲れてもいた」

偽らざる心情を正直に吐露する一遍に向かって「よくやった」「たいしたもんだぞ」という温かい観客の野次が飛ぶ。一遍は苦笑しながらその声に手を振って応えると、リラックスした口調で言った。

「でも、今日こうして、改めてみんなの前で六字の名号を唱えてみてわかったよ。俺がみんなの前で南無阿弥陀仏と唱え、それにみんなが南無阿弥陀仏と答えてくれる。俺は、そのやり取りが大好きなんだ。阿弥陀仏の名のもとに、みんなが一つになるこの感覚が。それで、俺はようやく悟った——俺がやるべきことを」

その目は慈愛に満ち、昨日までの迷いはひとつもなかった。このライブで、一遍はいったい何を摑んだというのだろう。それがなんなのか、私は一遍の次の言葉をワクワクしながら待った。きっと、そのひとことは一遍自身だけでなく、私たち時衆の明日以降の行く末をも左右する、重要な道しるべになるはずだ。

「俺がやるべきこと、それは――」

私は緊張して、ごくりと唾を飲み込む。一遍が口を開いた。


「南無阿弥陀仏ッ！」


……は？

なんだそれは。

一遍がたどり着いたという「答え」に、私は全身からへなへなと力が抜けてしまった――いやちょっと待て、何ひとつ答えになっていない。それで結局、私たちは明日から具体的にどうすればよいのか。

私は思わず、周りの時衆たちを見回した。他阿も呆れたような表情で一遍の顔を眺めている。そんな私たちにはおかまいなしに、一遍は力強い声で言葉を続けた。

「俺の中にあるのは、ただ南無阿弥陀仏のみ！　そして、俺がやるべきことも、ただ南無阿弥陀仏のみ！　もう、南無阿弥陀仏以外は何もいらねえ！　南無阿弥陀仏以外は、俺の中に何ひとつ入れたくねえ！　すべては南無阿弥陀仏だ！　南無阿弥陀仏に俺はなるッ！」

いったい、この人は何をとち狂ったことを言い出すのか。もう四〇代も半ばのいいオッサンだというのに、もうちょっと年相応にマシなことは言えないのか。

だけど、不思議なほど私の心に落胆はなかった。最初はそのあまりの意味不明さにガックリきたが、その錯乱したような言葉を自分の中で反芻するにつれ、いや、そういえば一遍って最初からずっとこんな奴だったじゃないか、という妙な納得感が生まれてきた。それがなんだか嬉しかった。

「うはは」

自然と、変な笑い声が漏れていた。

何が、俺たちのフロントマンだよ。一遍にそんな肩肘張った肩書は似合わない。一遍は一遍だ。ひたすらに阿弥陀仏に憧れ、その救いを得ようとしているだけの、ただの弱い男じゃないか。

だけど、阿弥陀仏だけを求め、阿弥陀仏のために己の人生を捧げようとする一遍の一途な姿勢は一切ぶれることがない。その揺るがない「強さ」に私たちは惹かれて、一遍のあとについて行くことで、結果的に私たちも阿弥陀仏の道に引きずり込まれたんじゃないか。

そうだよ。一遍に必要なものは前代未聞の巨大フェスでも、鎌倉での大ブレイクでも、日本中に踊り念仏を広めることでもない。それらは単なる「手段」だ。

その手段を使って一遍が成し遂げたかったものは、南無阿弥陀仏と唱えて阿弥陀仏とひとつになることだ。できればそれは、一人よりは二人、二人よりはみんな一緒のほうがいい。

それが一遍の「目的」であって、それを実現するために始めたのが一遍の賦算であり踊り念仏なのだ。ならば私たちはただ、その「目的」に立ち戻るだけだ。

「そうだよ。南無阿弥陀仏だ。南無阿弥陀仏じゃないか」

気がつくと私も、意味不明なことを叫んでいた。

こんなもの、他の人にはさっぱり伝わらないだろうと思っていたら、なぜか伝わった。周囲の人たちが、

「ああ。南無阿弥陀仏だな」

「南無阿弥陀仏でいいんだよ。そう、それだけだ！」

「……なむ……あみだぶつ……」

などと、まるで素敵な新発見をしたような顔で思い思いに呟いていた。

あとになって考えると実に気持ち悪い光景だったが、ライブの熱狂なんてそんなもんだ。現代の音楽だって芸術だって、冷静に考えればなんの意味があるのかなんてわ

かりゃしない。だけど、それがあることで人生が少しだけ明るくなり、人間はどうせみんな必ずいつかは死ぬけれども、その時が来るまでもう少しだけ生きてみてもいいかなという前向きな気持ちにさせてもらえる。

もはや一遍は、我々時衆の姿を一瞥もしない。一遍の目がまっすぐに見据えるのはただ、南無阿弥陀仏だけだ。

一遍はステージの一番前の縁に立って観客と向き合っているので、その後ろにいる私たちからはその背中しか見えなかった。だが、焚火の炎に照らされたその黒い背中は、とてもたくましく、巨大なものに見えた。

「お前ら、俺はこれから南無阿弥陀仏だ。南無阿弥陀仏でよければついてこい！」

何がよいのかわからないが、私はありったけの大声で即答していた。

「ついていく！　私も南無阿弥陀仏になる！」

「俺も！」

「僕も！」

すると観客も、その場の勢いで「俺も行くぞ」などと同調し始め、最後は一遍に向けて「連れてってくれ」の大合唱となった。

——いや、いまの五〇人ほどの時衆だって引き連れていくのは一苦労なのに、こんな大人数を連れていけるわけがないだろ。いったいどうすんだよ、こんな大風呂敷広げちゃって……。

そんな私の冷めた心配などお構いなく、聴衆たちの「連れてってくれ」コールは大きな渦となってずっとやむことはなかった。

かくして、この片瀬浜ライブは伝説となった。

## 「捨聖」の誕生

この片瀬浜の踊り念仏は、私たち時衆の名を一気に高めた。

すぐそこの境川を越えればもう鎌倉である。私たちの評判が鎌倉に伝わり、そこから全国に伝播するのにたいした時間はかからなかった。

結局、ライブのあとに一遍の脱退の話は立ち消えになった。いや、脱退は脱退なのだが、脱退後も一遍は時衆と行動を共にする。一遍はこう言って、今後の私たちの関係性を定めた。

「来たい奴はついてこい。だけど、俺はお前らには一切関知しない。お前らが旅の途中で不祥事を起こして時衆の名が地に墜ちようが、俺はもう何も言わない。だって、俺は南無阿弥陀仏なんだからな。俺にとっちゃあ時衆なんてものは、別にあってもなくても構わない、余計なものだ。無理に帰れとも言わないし、ついてこいとも言わない。勝手に生きて、勝手に死ぬがいい」

ずいぶんと冷たい物言いだが、それを冷たいとは誰も思わなかった。

ここに至るまでの間、一遍が時衆の規律を保つためにさんざん心をすり減らしていたことを、誰もがよく知っていたからだ。一人でも多くの人間に賦算をしてみんなを救うのだという「崇高な使命」の名のもと、分不相応に膨れ上がった時衆をまとめ、問題を起こさせないために、一遍は無責任ぶった態度を取りつつも、時に厳しく、時に優しく、実に細やかに心を配ってくれていた。

私たち時衆のメンバーはそんな一遍に、無意識のうちに甘えていたのだ。

そのせいで一遍は深刻なプレッシャーを受け、追い詰められた挙句に「南無阿弥陀仏以外は何もいらない」という結論を出したのだから、そんな一遍を私たちが責める資格はひとつもない。

かくして、一遍は自分がやりたいように生き、私たちはそれについて行きたければ行くし、行きたくなければ行かない、という新たなルールのもとで活動する新生・時衆の活動が始まった。

踊り念仏の歴史は、大まかに言って三つの期間に区分されると私は考えている。

賦算の開始からこれまでを第一期踊り念仏だとすれば、ここから一遍の死までが第二期、そして一遍の死後、遺された者たちによる活動期間が第三期にあたる。

第一期ほどの粗削りでセンセーショナルな派手さはないが、円熟味のある安定したパフォーマンスを発揮した第二期踊り念仏は、まさに我々の黄金期とも呼べる、たいへん充実した活動期間だったと言えよう。

「それまでも『捨てる』は俺の大きなテーマだったんだけど、あの片瀬江ノ島ライブ以降、それをいっそう強く意識するようになったんだ」

当時を振り返って一遍はそう語る。

一遍は、あらゆるものを捨てて念仏だけに生きる生涯を送ったことから、「捨聖」の異名で呼ばれるようになった。そんな捨聖としての自分を初めてはっきりと自覚したのが、片瀬でのライブだったというのだ。

「殺人的なスケジュールの中、惰性のように続けるしかなかったステージ。そんな限界の生活を続けていたあの頃、熱狂する観客をステージの上から見下ろしながら、ふと『あれ？　俺っていま何をやっているんだろう？』って急に冷静になる瞬間が何度もあったんだ――それで、すっかりバカバカしくなっちゃってね。でも俺は、念仏に惚れ込んで念仏に人生を捧げると決めた男なんだぜ？　そんな男が念仏をバカバカしいなんて思っちゃったら、もう俺の生きている意味なんて何もないわけさ」

そう言って屈託なく笑う一遍の顔を見ると、私はとても胸が苦しくなる。

「もう死にたいと何度も思ったよ。特に、ライブの翌朝は腕もろくに上がらないくらいに疲れていたから最悪だったね。顔を洗おうと思って近くの小川まで独りで歩いていって、このままここに飛び込んだら楽になれるかなぁ、なんてことをしょっちゅう考えていた。本当に、あの頃はどうかしていた」

私たち時衆は、当時の一遍がそこまで追い詰められていたことにまったく気づいていなかった。その無神経さが本当に恥ずかしい。でも一遍は、本当に紙一重の、きわどい綱渡りの末に新たな境地に達し、そしてさらなる高みに至った。

「片瀬のライブでは、もう何もかもがどうでもよくなって、試しに俺たちのトレードマークだった踊りを捨ててみたんだ。そしたら急に、体がすうっと軽くなったような気がしてね。それで俺は、好きで始めた踊り念仏ですら自分の重荷になっていたことに気づいた。まったく、何もかもが一歩間違えただけですぐにおかしくなる」

好きだったものが重荷になるというのは、私にも多少は経験がある。一遍のすごいところは、そこでなんのためらいもなく、いままで好きだったものをきれいさっぱり捨ててしまえるところだ。

「好きなものが重くなったなら、捨ててしまえばいい。捨てろ捨てろ、捨てたら生きていけないというのなら、死ねばいいだけのことじゃないか――そう思うようにしたら、いままで濁った沼の底みたいだった世界が、急に清らかな小川のように澄んで見えてきたんだ」

苦悩の末に、ようやく自らの答えを見出した一遍だったが、これもまた非常に一遍らしく、彼はちゃんと最後にこう付け加えるのを忘れなかった。

「本当に、あれもこれも、すべて阿弥陀仏のお導きのおかげだね」

## はるかなる空也

そうだ、京都行こう。

一遍がそう言い出した時、それに異論を挟む者はいなかった。もとより一遍はもう、我々を引率するリーダーではない。一遍は自分の好きなようにあちこちを遊行し、私たちはあくまでそれに勝手についていっているだけという形だから、私たちが嫌だと言ったところで、一遍は私たちを置いて一人で行ってしまうだけのことだ。

そんな一切の管理を放棄したような状態で、もし問題が起きれば時衆の名に傷がついてしまうが、一遍が、

「どうせ、時衆なんてあろうがなかろうが、阿弥陀仏にとっては関係ないから」

と言って「我関せず」を貫くと、時衆のメンバーたちは逆に、何かあったら自分のせいで一遍が悪く言われてしまうというプレッシャーを感じて自ら襟を正すようにな

った。その結果、時衆内の規律は以前よりもずっとよくなったのだから、実に皮肉なことだと思う。

一遍が京都に行きたがった理由は、

「空也に会いたい」

という、ただ一点だけだった。

と言っても空也は三世紀も昔の人だ。一遍は、空也が念仏を広めた道場やゆかりの地を巡ってその雰囲気を味わう、現代で言うところの「聖地巡礼」をやりたいらしい。

それで私たちは京都に向かって東海道を進んだが、その道中では、片瀬ライブの噂を聞きつけた人々からの大歓迎を受けた。

片瀬ライブの反響は想像を超えるもので、ライブの最中に奇跡が起こり、空に紫の雲がたなびいて天から花びらが降ってきたという伝説がまことしやかに語られるようになった。それは本当なのかと何人ものインタビュアーから興奮気味に質問されるうちに一遍も面倒になってきて、ついには、

「花のことは花に聞いてくれ。紫雲のことは紫雲に聞け。俺は知らん」

と答えるようになった。

東北を巡っていた頃の私たちは、貧しい村にこちらから声をかけてライブ会場を提供してもらうことがほとんどだったが、最近はその土地に住む有力な武士や貴族のほ

うから、ぜひライブをやってほしいとオファーが来ることのほうが多くなった。

一遍は、公演を金持ちだけの独占にはせず、周辺の村々の人たちも分け隔てなく参加できるフリーコンサートにするならばという条件をつけて、これらのオファーを積極的に受けていった。

先々の予定が決まっているわけではないので、疲れたらその場に何日か滞在して休み、決して無理をしない旅である。私たちの歩みは実にゆっくりだった。

他阿は最初、計画性のかけらもないこのダラダラした旅に少しだけ不満げであり、マネージャーの仕事も失って退屈そうでもあったが、いざそれが新しい日常になると、案外すぐに慣れて何も言わなくなった。

そのうち噂が噂を呼んで、踊り念仏をぜひ見たいという声は日増しに熱烈になっていった。そしてついには、ご丁寧に自分でステージを建てて我々を待ち構えている豪族まで現れるほどになった。

そんな状態だったので、結局のところ私たちは鎌倉を出たあとも、以前と変わらぬライブ漬けの毎日を送っていた。

だが、先々の予定に縛られ、自分の感情に蓋をして義務感のように演じていた頃と比べると、同じことをやっていても疲労感は格段に小さく、私たちはとても伸び伸びとプレイできていた。

一方、我々の名声が高まってくると、それを妬むアンチも現れる。

滋賀県（近江国《おうみのくに》）守山の琵琶湖のほとりにある、閻魔堂《えんまどう》という御堂に僕らが滞在していた時のことだ。兵部竪者重豪《ひょうぶじゅしゃじゅうごう》という僧が因縁をつけてきた。

重豪は見るからに質の良さそうな柿渋色の法衣をまとい、居丈高な態度で我々時衆を嘲ってきた。近所にある比叡山の所属だと言っていたので、私たちがここを通ると聞いて、わざわざ山を下りて待ち構えていたのだろう。

片や、私たちの服装は粗末な墨染の衣で、重い十二光箱を背負って風雪の中を毎日遊行しているせいで全員が物乞いのようにみすぼらしい。

重豪は開口一番、踊りながら念仏を唱えるとはけしからんと得意げに我々を批判してきた。その程度の陳腐な悪口ならば、私たちはこれまでの旅でもう何百回も相手にしてきて、すっかり聞き飽きているのだが。

しかし、我々の側にしてみれば何百分の一個目にすぎない、他と代わり映えのしない凡庸なご意見でも、批判する側の当人にとっては、己の頭で考えてせっせと論理を磨き上げてきた、世界に一つだけの素晴らしいご高説なのである。

私たちが冷めきった目で「はいはい、強い強い」と幼子を相手にするように鼻であしらうと、重豪は馬鹿にされたと思って一遍に食ってかかった。

こういう時の一遍は大抵、まともに取り合わずに軽く受け流してしまう。

「なるほど、そうでございますか、南無阿弥陀仏」

「それは素晴らしいですな、南無阿弥陀仏」

「はい、わかりました、南無阿弥陀仏」

と相手の言葉を受け止めるだけ受け止めて、議論には応じずに穏やかに笑ってその場を去るのだ。

これを見た相手は「一遍は非を認め、尻尾を巻いて逃げ出した」と豪語し、俺は一遍に勝ったと喧伝して回るのだが、その場にいた人たちによって実際の問答の様子も噂になって広まるので、本当のところはすぐにばれてしまう。

それで結局「お前は一遍上人に勝ったんじゃなくて、最初から相手にされていなかったんだ」と周囲にたしなめられ、難癖をつけた側が逆に物笑いの種になるのが常だった。


だが、この時の一遍はどういうわけか、重豪とまじめに問答を交わした。

彼が比叡山のそれなりに地位のありそうな人間だったので、一遍も珍しく血が騒いだのかもしれない。あるいは単に、無視したら重豪が怒り狂い、比叡山の僧兵たちを連れて襲いかかってくるかもしれないという危険を考慮した可能性もある。

一遍は、和歌で重豪に返事をした。

この当時の和歌のやり取りは、現代で言うところのラップバトルに近い。ダジャレのような掛詞なども駆使しつつ、即興で気の利いた回答をひねり出し、相手を黙らせたほうが勝ちだ。踊り念仏は阿弥陀仏への冒瀆であると重豪が批判してきたのに対して、一遍はこんな和歌で切り返した。

跳ねば跳ね　踊らば踊れ　春駒《はるこま》の　法《のり》の道をば　知る人ぞ知る

春の馬のように心を躍らせて、好きなように跳ねたり踊ったりするんだ。そうすれば仏法の道がなんであるか、わかる奴ならちゃんとわかるぜ——踊り念仏の本質を簡潔に説明しつつ、その本質に気づけていない相手を強烈にディスることも忘れていない。実に巧妙なリリックだ。

重豪は一遍の返歌を聞いて一瞬たじろいだが、さすがは教養ある比叡山の僧だ。すぐに気を取り直すと、和歌には和歌で応酬した。

こころ駒　乗り鎮めたる　ものならば　さのみはかくや　踊りはぬべき

あとで一遍に教えてもらって私も初めて知ったのだが、この重豪の歌は「梵網《ぼんもう》経《きょう》」というお経の序文を踏まえたものだったらしい。

その序文には「心馬、悪道を走り、放逸にして制禁すること難し」――心の馬はいつも悪い道を走ってしまう。勝手気ままなので制御が難しい――という一節がある。重豪はそれを引き合いに出した上で、心の馬を乗り鎮めるのが仏の正しい道のはずだぜ、そんなふうに踊ってる場合じゃないぞ、と返したのである。

ありがたい昔のお経に書かれた「心の馬」の話を引き合いに出してディスられては、それにケチをつけるのはなかなか難しい。だが、一遍はひとつも慌てることなく、即座にこんな歌を詠んで重豪への答えとした。

とも跳ねよ　かくても踊れ　心駒《こころごま》　弥陀《みだ》の御法《みのり》を　聞くぞ嬉しき

うるさいことを言うなよ。ともかく跳ねろ、とにかく踊れ。心の馬はそれでいいじゃないか。阿弥陀様のありがたい法を聞くことができて俺たちは嬉しいんだ。それを邪魔するお前のほうが、よっぽど仏の道をわかっちゃいないぜ――そんな一遍の答えに、重豪がとうとう和歌で返すのも忘れ、苛立った声で、

「いや、仏法で一番大事なのは、自分の心を理解し、制御することだろうが。心をコ

ントロールできれば踊りなんかいらない。むしろ修行の邪魔だ！」
と叫ぶと、一遍はこんな返歌で重豪にとどめを刺した。

心より　心を得んと　心得て　心に迷う　心なりけり

その自分の心を理解しようと本気で頑張っているのに、全然わからないから迷ってんじゃねえか——

「だからこそ私たちは、踊ることで余計な心を全部吹き飛ばして、本音の心を引き出そうとしているのですよ。踊りはむしろ必要なことです」

一遍が柄にもなく、わざとらしいほどに丁寧な口調でそう言ったのは、彼なりの皮肉でもあったのだろう。それに対して重豪はひとつも反論できなかった。苦虫を噛み潰したような顔でムムムとうめき声を上げると、

「かような不埒な念仏、いつか必ずや仏罰が下るであろう。拙僧が自ら手を下すまでもないわ」

などと捨て台詞を残して、そのまま去っていってしまった。

## 月の光

こうして旅を続け、我々はついに京都にたどり着いた。

京都に着くやいなや、信じられないような地位の高い貴族たちから、ぜひ我が屋敷に来てくれというオファーが殺到し、一遍は引っ張りだこになった。

例えば、土御門入道《つちみかどにゅうどう》という貴族がいる。この人はかつて内大臣を務めたらしい。内大臣がどれくらい偉いのか、私には最初いまいちピンとこなかったので、教科書によく出てくる関白とか太政大臣とかよりも偉いのかと聞いたら、それのすぐ下だそうだ。その元・内大臣が一遍に面談を申し入れて、生きるとは何か、死ぬとは何か、どうすれば死を恐れずにすむのかを尋ねたというのだから相当のものだろう。

もちろん、一遍の答えはいつも決まっている。

「こだわりを捨てて、ひたすらに南無阿弥陀仏と唱えなさい。そうすれば阿弥陀仏が極楽浄土に連れて行ってくれます」

あまりにも取材のオファーが多すぎて一遍がさばききれないでいると、今度はファンレターが山のように届くようになった。差出人は貴族が多かったが、同業である僧からも教えを乞いたいという依頼が殺到した。

一遍はそれらの管理を他阿に一任していたが、かといって丸投げではなく、受け取った手紙にはすべて目を通していたし、忙しいスケジュールの合間をぬって、そのほとんどに丁寧な返事を書いていた。

粗野な風貌とワイルドな言動からしばしば誤解されがちだが、一遍はそもそも、古今の経典に通じた学業優秀な僧である。インテリ貴族や学識深い僧たちからの鋭い質問にもたじろぐことなく持論を展開し、それに感銘を受けて支援を申し出る貴族たちが次々と現れた。


「寄進は、一宿一飯を除いて全部お断りしたよ」

そう言って屈託もなく笑う一遍に、私は「もったいなかったんじゃないか?」と冗談めかして尋ねた。一遍の答えは当然「ノー」だ。

「俺にはこれ以上、余計なものを持つ余裕なんてないからね。京に向かう道すがら、俺は空也のことをずっと考えていたんだ」

そう言うと一遍は、嬉しそうに空也について語り始めた。

「ずっと昔に読んだ西行《さいぎょう》の『撰集抄《せんじゅうしょう》』っていう本に、空也に関するエピソードが載っていてね。ある人が空也に『念仏はどうやって唱えればいいんですか?』と尋ねたんだけど、その時に空也はただ一言『捨ててこそ』って答えたっていう話さ。なあ、これってすごいと思わないか？　最近は、その言葉が改めて自分に重くのしかかってくるのを感じている」

それを聞いた私は、開いた口がふさがらなかった。

「君はもう十分に、色々なものを捨ててきたじゃないか。これ以上何を捨てるというんだい？」

一遍は妻子を捨て、家と財産を捨て、ついには自分を慕って集まってきた時衆まで捨ててしまった。それでもなお一遍は、空也と比べたら自分はまだまだ捨て足りないと言う。私の質問に対して、一遍は人差し指を立てながらおもむろにこう答えた。

「我執《がしゅう》」

一遍に言わせれば、どれだけ物質的なものを切り捨てても、彼はまだ心の中の執着心を全然断ち切れていないらしい。だから空也と比べて自分は未熟だ、というのが一遍の言い分だ。私は一遍の身を案じて、そこまで自分を追い込まなくてもいいのではと言ったら、一遍はとんでもないと言って笑った。

「自分を追い込んでいる？　逆だよ。自分を包んでいる余計な衣を脱ぎ捨てて、どんどん身軽になっているんだ。捨てれば捨てるほどに、本当にやらなければならないことだけが目の前にはっきりと浮かび上がってきて、無駄なことに目移りしなくなる。

思考がごくシンプルになって、とても最高の気分さ」

たしかに、京都に入ってからの一遍は明らかに生き生きとしていた。

物理的な忙しさだけで言ったら、どう見ても鎌倉に入る前にやっていた地獄のツアーの時よりも多忙なのだが、たとえ仕事量が同じでも、本当に必要だと考える案件だけを選び、それ以外は容赦なくお断りしているので、忙しい中でも自分のペースを守れているのだろう。

数多くのオファーをこなしながらも、一遍は空也にまつわる「聖地巡礼」の準備を着々と進めていた。

五条大橋の西に、市屋《いちや》道場という名のお堂がある。

これこそが空也が創建した念仏道場で、開設から三五〇年近く経った今もなお、阿弥陀の救いを信じる者たちが集い、途絶えることなく研鑽を続けていた。かつては左京の東の市場にあったので市屋という名で呼ばれたらしい。

現在この道場は、場所こそ市場の中ではなくなったが、庶民の家が建ち並ぶ、ごみごみとした路地の中に建っている。寺らしい静けさとはまったく無縁な、喧騒に囲まれたこの道場を見た時に、私は空也というレジェンドがこの場所で何をしたかったのか少しだけ理解できたような気がした。

私たちは記念に、空也の功績を讃える踊り念仏ライブをここで開催しようと考えたが、これだけ狭い場所ではいつものような大人数を集めての公演はできない。そこで、抽選で選ばれた人たちだけが招待されるシークレットライブとした。

道場の中央に線を引いて、半分に我々時衆が立ち、残り半分を観客席とした。壁に囲まれた狭い道場の中で踊り念仏を演じると、音がこもって普段にも増して音圧はすさまじい。それは後日、周囲の住人から「道場全体が揺れ動いて轟音が鳴り響き、まるで鼓《つづみ》のようだった」と評されたほどだった。

このライブに懸ける一遍の意気込みは、並々ならぬものだった。

一遍の気迫に触発されるようにして、私たちのパフォーマンスも自然と鬼気迫るものになった。最初はおとなしく座っていた観客もすぐに総立ちになり、最後は我々と一緒になって踊り出したので、道場の中央に引いた客席と舞台の区切り線は、最後はまったく意味のないものになった。

狭い道場の中は、その広さに対して明らかに人数を詰め込みすぎていた。

季節は閏《うるう》四月、現代で言えば初夏くらいの時期だったので、外に出ればまだそこまで暑くはなかった。だが、道場の中はまるで蒸し風呂のような熱気と湿気となり、いまにも霧が立ち込めんばかりだった。

あまりにも踊り狂いすぎて、時衆も観客も息を切らしてぐったりとしたところで、一遍が鉦鼓に合図を送って演奏を止めさせ、道場の中央に歩み出た。急に音がやんでしんとなった堂内に、一遍の力強い声だけが凛と響く。

「みんな今日はありがとう、南無阿弥陀仏」

その場にいた全員が、合掌しながら南無阿弥陀仏と答えた。

「俺は昔から、ずっと空也に憧れてきた。今日こうして、空也が遺してくれた道場で念仏を唱えていると、空也の熱い魂が呼吸と共に俺の中に入ってくるような気がした。こんな特別な体験をさせてくれた、みんなには感謝している」

それはこちらの台詞だ、ありがとう！　という誰かの声がすると、観客たちがそれに賛同して「ありがとう」と口々に叫んだ。

「それで、踊りながら俺はずっと、なんで空也は念仏を広めようとしたんだろう？ってことを考えていたんだ」

いまでこそ、法然の浄土宗ムーブメントのおかげで、念仏はすっかりメジャーな存在となっている。だが、三世紀も前に日本で初めて念仏を唱えた空也は、現在の比ではないくらいに周囲の無理解に苦しんだはずだ。

「空也が念仏を唱えた理由——俺が思うに、それはきっと寂しさだ」

一遍の独特の解釈に、会場が少しだけざわつく。

「この世で最も古い仏典のひとつと言われる法句経《ほっくぎょう》でも、それを書いた釈尊の思いの根底にあるのは『寂しさ』なんだ。人は一人で生まれ、一人で死んでいく。どんなに頑張っても、人は決して他人と一つにはなれない。愛する人とはいつか離れなきゃならないし、憎い人とは嫌でも顔を合わせなきゃならない」

その言葉には、単なる文言を超えた不思議な説得力があった。

そう、それは一遍自身が己の人生でその苦しみをさんざん味わい、どうすればこの苦しみを克服できるか、身を切るようにして考え抜いてきたからだ。

「空也は決まった仲間を作らなかった。空也ほどの人間なら、大きな宗派に属して大きな寺にいれば、きっと簡単にトップを取れたはずだ。だけど彼はそうしなかった。それが虚しいことだって知っていたからさ」

気づけば道場内は、物音ひとつしないほどに静まり返っていた。みんなが一遍の言葉に引き込まれ、一言一句聞き漏らすまいと全神経を傾けていた。

「人間と人間、そう簡単にわかりあえてたまるかよ。仲間なんてものは本来、一人一人まったく違う人間が、似ている部分を互いに持ち寄って作るもんだろ。それなのに大抵の場合、『仲間』はだんだん、仲間同士が少しでも違うことを許さなくなるんだ。仲間はひとつ、仲間は同じ……それでとうとう『お前も仲間なんだから一緒にやれよ、みんなと違うことをするのは裏切りだぞ』みたいなことを言い出した日にはもう、仲間なんてものは害悪でしかない」

それは、以前の時衆のことを言っているのだろうか。

同じことを思ったか、隣にいた他阿がほんの少しだけ眉間にしわを寄せた。たしかにあの頃の時衆は、みんながそろって「ひとつの理想」みたいなものに向かって走っていた。それはとても美しく効率のよいものではあったけど、同時にどことなく息苦しいものでもあった。

「空也はそれが嫌だったんだと思う。それで独りで全国を行脚しては、初めて出会う見も知らぬ人たちと交わって、橋を架けたり道を作ったり、その人たちの役に立つ事業をしながら念仏を広めて回ったんじゃないかな。決して深入りはしない。仲間は作らない。親しくなって一緒に念仏を唱えてくれたら、関わりはそれでもう十分——そういう淡い関係性で多くの人から感謝してもらうことが、狭い仲間内にだけしか通じないお寒いノリに馴染めなかった、彼にとっての救いだったんだろう」

一遍のその話は、なんとなく私にもわかるような気がした。

現代にいた頃、私にもクラスの友達はいた。だけど音楽の趣味はマニアックすぎて誰とも合わなかった。誰もが知っている人気アイドルの楽曲の話題でみんなが盛り上がっている時、私は適当に話を合わせながら、空気のように存在感を消していた。

べつに、決して仲が悪いわけでもなく、仲間外れにされているわけでもない。

だが、自分の中にある異質な部分を隠して集団に紛れ込んでいるその瞬間、周囲にたくさん人がいるのに、一人でいる時よりもむしろ、自分が独りだということをより強烈に意識させられるのだ。空也も一遍も、そういう類の人間だということなのだろうか。

「俺にとって、空也は月なんだ。太陽みたいに、自分の気分で周囲の空を青く光らせたり紅く染めたり、身勝手に周りを振り回すような真似はしない。だけど、毎夜決まった時間に決まった場所にいて、静かに人々を照らし続ける」

そこで一遍は照れ臭そうに笑い、本音を吐き出すように言った。

「俺は、そんな空也みたいな人間になりたい。空也が生み出し、後の世に残してくれたこの念仏――南無阿弥陀仏の六文字を俺は引き継いで、一人でも多くの人に唱えてほしい。だから、今日ここに集まってくれたみんな。最後にもう一度、心を込めて念仏を唱えてくれないか」

堂内が、厳かな静寂に包まれた。一人残らず合掌し、静かに瞑目していた。

「準備はいいかい？　それじゃあ、いまこの瞬間だけは、心を合わせて――」

その後、道場内に響き渡った南無阿弥陀仏の大合唱は、大きなうねりとなって五条大橋の周りを包み込んだ。それは弥陀の救いとなって、きっと多くの衆生を極楽浄土に導いてくれたことだろう。

後日、一遍はこの日のライブを振り返り、はるか昔の空也に思いを馳せて二首の和歌を詠んだ。その歌は、空也に対する無限のリスペクトにあふれている。

おのずから　相会《あい》う時も　別れても　独りはいつも独りなりけり
ひさかたの　空には空の色もなし　月こそ月の光なりけれ

# Chapter.5　捨聖

## 終わりのはじまり

私は、一遍があと四年で死ぬことを知っている。

死因が病気なのか事故なのか、詳しいことはわからない。ただ、日本史の資料集には「一遍（一二三九―一二八九）」とだけ書かれていて、その厳然たる歴史的事実が覆ることは絶対にない。

そんな一二八五年（弘安八年）は、大きな事件もなく静かに過ぎた一年だった。私たちは京都を後にして北西に向かい、兵庫県（但馬国《たじまのくに》）、鳥取県（伯耆国《ほうきのくに》）、岡山県（美作国《みまさかのくに》）を巡った。どの地でも私たちは大歓迎を受け、ライブは大入り満員、会場で配る念仏札は飛ぶように捌けていった。

最近の私は、一遍亡きあとの自分のことをよく考える。

泣いても笑っても、一遍とはあと四年しか一緒にいられない。

あらゆるエンタメが存在しない、この退屈な鎌倉時代に私がタイムスリップしてもう五年になる。それなのに、私はむしろ現代よりも刺激的で充実した日々を送れているわけだが、それはすべて一遍のおかげだ。そして、その一遍が亡くなったあとも私の人生は続く。それをどう生きるか、いまから考えておかねばならない。

最近の一遍は、ライブパフォーマンスの大部分を若手に任せ、自分の出番は最後の締めのごくわずかな部分だけに抑えていた。

それもそうだろう。この時の一遍の年齢は四七歳。冷暖房どころか布団すらまともにない過酷な生活環境で、身を削るようにして生きていくこの時代の人間は、恐ろしい勢いで老け込んでいく。

それでもまだ一遍は、他の四〇代の人間と比べたらずっと若々しかったが、人生五〇年と言われ、四〇代半ばで隠居してお爺さん呼ばわりされる時代である。一遍に迫りくる老いの影は、どうしても避けては通れないものだった。

特に、京都で空也の道場でライブを行い、宿願を果たしてからの一遍は、なんだか別人のように雰囲気が丸くなっていった。それはきっと一遍が悟りの境地に近づいているということであり、坊主としては大いに喜ぶべきなのだろうが、不謹慎ながら私はほんの少しだけ、それが寂しかった。

現代で言うと神戸のあたりに、宝満寺《ほうまんじ》という禅寺がある。

一遍は、そこにいる覚心《かくしん》という禅僧に会いに行った。禅と念仏、宗派は違えど一遍はそんなことにたいしてこだわらない。

「禅も念仏も、苦しみを取り除いて救われたいという点じゃどれも一緒さ。救われるためのやり方が違うだけのことを、どうしてみんなそんなに気にするんだい」

そんなことを言っては、他の宗派の僧にも平気で頭を下げて教えを乞い、若い者からも貪欲に知識を吸収しようとする。

覚心は若い頃、中国に五年留学して仏教を学んだ優秀な禅僧で、法燈国師《ほっとうこくし》と呼ばれ尊敬を集めているレジェンドだ。年齢はもう八〇歳を超えている。人生五〇年の時代だから、これを平均寿命が八〇近い現代日本に換算すれば、イメージとしては一三〇歳くらいのとんでもない長寿に相当する。

それなのに、老いた国師が一遍と横に並んで一緒に経を唱え始めると、私は国師の読経の声に一発で心を鷲摑みにされてしまった。その声は八〇過ぎとは思えぬほどに声量が豊かで、しっかりとした芯があり、聴く者の心を奮い立たせつつリラックスもさせる、不思議な力強さを有していた。

経の最後には、なんと国師が「南無阿弥陀仏」と唱えてくれた。

禅宗に属する国師が念仏を唱えたのは、宗派を超えてわざわざ訪ねてくれた一遍へのリスペクトを表したものだろう。それにかぶせるように、一遍も南無阿弥陀仏と声を合わせ、そこから二人して延々とユニゾンして南無阿弥陀仏を唱え続けた。一遍の声も低く張りがあって、有無を言わさず聴く者を引き込むパワーがある。

二人の達人が声を合わせて念仏を唱える様は、まるで互いを讃えあうようでもあり、命を削りあう激しい鍔《つば》迫《ぜ》り合《あ》いを繰り広げているようでもあった。私を含め周囲の人間たちは、二人の声が生み出す強烈な音圧に飲まれて、その様子をただ呆然と眺めていることしかできなかった。

その後、法燈国師と一遍との対談がセッティングされたが、これは意味不明な仏教用語が飛び交うもので、あまりに専門的すぎて私にはよくわからなかった。対談を終えた一遍は、とても満足げな様子で国師に恭《うやうや》しく頭を下げると、

「自分の歩んできた道が、決して間違っていなかったとわかりました。南無阿弥陀仏」

と礼を言った。それで、いまの気持ちを歌にしますと言って手元の紙にさらさらとこう書いて国師に渡した。

唱ふれば　仏も我も無かりけり　南無阿弥陀仏の　声ばかりして

この和歌を見た法燈国師はいたずらっぽく苦笑すると、ボソリと一言、

直した。

「まだまだじゃな」

と呟いた。一遍はそんな法燈国師の反応に一瞬だけ驚いたような顔をしたが、すぐにハッと何かに気づき、紙をひっこめると最後の七文字に線を引いて消し、こう書き直した。

唱ふれば　仏も我も無かりけり　南無阿弥陀仏　なむあみだぶつ

すると国師は、「お見事」と言って満足げに笑った。

最初の歌は、一見すると仏と自分が一体になっているように見えるが、実はまだ南無阿弥陀仏を音声として認識してしまっている。

本当に仏と自分が一体になっていたら、そんな外から眺めているような冷静な歌は詠めないはずだというのが国師の指摘である。禅と念仏、手法は違えど目指す境地は変わらない。国師の助言は、いかにも禅僧らしい視点に基づいた実に的確なものだった。

そして、自分の歌の誤りに即座に気づいて修正した一遍もさすがである。

もはや思考も曖昧になり、ぼんやりと自我が溶けて頭が念仏だけで満たされている状態を一遍は、うわ言を言っているような、この意味不明な下の句で表現したのである。二人のあまりにも高度なやり取りに、私はただ圧倒されるばかりだった。

法燈国師は別れ際、上等な手ぬぐいと薬を入れる小箱を一遍に贈った。

それは禅宗の師匠が、弟子の修行が円熟の域に達したと認めた時に渡すものだという。普段は決して高価なものを受け取ったり身に付けたりしようとしない一遍だが、国師の気持ちを尊重してこれを素直に受け取ると、

「私は弥陀の導きで、あなたは座禅で。共に補陀落《ふだらく》に参りましょう」

と言って二人でにっこりと笑い合ったあと、静かに宝満寺を後にした。

## 別願和讃《べつがんわさん》と厳島《いつくしま》ライブ

一二八七年（弘安一〇年）は、私たち時衆にとって記念すべき年となった。

この年、後に時衆にとって唯一無二の聖典《バイブル》となる名作「別願和讃」と、そのカップリング曲とも言うべき「百利口語《ひゃくりくご》」がリリースされたのである。

別願和讃は、七五調の文言が二つセットとなった句が四三行にわたって続くという、漢詩風のスタイルを取った作品だ。仮名交じりの簡単な日本語で書かれているため、多少の読み書きができれば十分に読めるし、字を知らなくても暗誦すれば中身はすぐに理解できる。そんな別願和讃の中で、私が特に好きなのはこのフレーズだ。

始の一念よりほかに　最後の十念なけれども
念を重ねて始めとし　念のつくるを終とす
思ひ尽きなんその後に　始め終わりはなけれども
仏も衆生もひとつにて　南無阿弥陀仏とぞ申すべき

すべてはただ一つ、南無阿弥陀仏の名号に始まり、南無阿弥陀仏の名号に終わる。しかも、その名号を唱えるのは我々だけではない。なんと、我々を救ってくださる仏ですら、衆生と一緒になってこの名号を唱えるというのである。「南無阿弥陀仏」の六文字の力を信じきっている一遍の強い思いと、名号を通じてこの世のすべてが一つになるという彼の思い描く理想の世界が、この一節で余すところなく言い表されている。

この別願和讃はすぐさま、踊り念仏の定番曲となった。ライブの序盤にこの別願和讃を持ってきて、最初の山場を作るのがセットリストのお約束だ。

そして、この名作をひっさげて私たちは厳島神社に乗り込む。

実は、一遍が厳島神社を訪れるのはこれが二回目だ。

一回目の訪問は九年前、私が一遍と出会うより前のことで、踊り念仏もまだ始まっていなかった。当時の時衆はまだまったく無名のグループで、神域内で念仏札を配ろうとしたところ神社の関係者に咎められ、仕方なく敷地の外で賦算をしたという苦い経験があった。

だが、我々はいまや、前年に大阪府（摂津国《せっつのくに》）の四天王寺と住吉神社、奈良県（大和国《やまとのくに》）の當麻寺《たいまでら》、京都府（山城国《やましろのくに》）の石清水八幡宮《いわしみず》といった名刹でのライブを立て続けに成功させた、日本屈指の念仏集団だ。

そんな一遍と私たち時衆にとって、日本三景の一つでもあり、古くから人々の崇敬を集めた厳島神社でのライブは、これら有名寺社ツアーのラストを飾る最高の晴れ舞台となった。

厳島神社は四五年ほど前に焼失して、再建されたものだと聞いた。

遠浅の海の上に突き出すように建てられた朱塗りの社殿の突端、周りをぐるりと海に囲まれた高舞台に私たちは案内され、まずは厳島神社の巫女たちの舞を見せてもらった。さすがは長い歴史を誇る厳島神社であり、楽人たちの演奏も巫女たちの踊りも、とても優美で格調の高い、最高に素晴らしいものだった。

こんな典雅な舞を見せられたあとで、薄汚い格好をした私たちなんかが同じ場所で踊っていいのかと私は少々気後れしたが、一遍は一切お構いなしだった。パフォーマ

ンスの冒頭で、

「神社は神社の道を進めばいい。俺たちは俺たちの道をゆく。どちらもそれぞれに素晴らしいものじゃないか」

というMCを入れて萎縮した私たちの心を解き放つと、そのまま自ら率先して激しく踊った。

ここ数年の一遍は、かつての破壊的でエネルギッシュなパフォーマンスを封印していた。最近の彼の踊りは、派手な動きもなく一見すると静かだが、その内に底知れぬ情熱と狂気とを秘めた、凄絶さすら感じさせるものに進化している。

ところがこの日の一遍は、まるで若かりし頃のようにギラギラした、粗削りで派手な踊り念仏を披露した。厳島神社という最高に由緒ある神社を向こうに回して、彼ならではの反骨心が湧き上がってきたのかもしれない。

久しぶりに見た、四九歳とは思えぬ一遍の機敏な動きに私たちが度肝を抜かれていると、最後に一遍は欄干に足をかけ、

「ありがとう厳島。ありがとう南無阿弥陀仏」

と叫んで合掌し、そのますぐ下の海に向かってダイブした。

観客たちもこれには度肝を抜かれていたが、誰よりも驚いていたのは、つきあいの長い我ら時衆だ。他阿などは目を白黒させながら、厳島神社側の責任者が怒り出して

いないかと、ちらちらと目をやって顔色を窺っている。

その様子を見た私は、なんだか情けなく恥ずかしくなった。フロントマンがここまで思い切った捨て身のパフォーマンスを見せてくれたというのに、バックダンサーである私たちが指をくわえて突っ立っているなんて絶対にありえない。

私はすぐさま欄干のそばに駆け寄ると、一遍の後を追うように、

「ありがとう厳島！　ありがとう南無阿弥陀仏！」

と叫んで真っ先に海に飛び込んだ。それを見た他のメンバーたちも、慌てて真似をして次々と海に飛び込んでいく。最後は時衆全員が一人残らず海に落ちたところで、その日の踊り念仏ライブは終演となった。

厳島神社の関係者たちは、その様子を呆れたような顔で眺めていた。

## 帰郷

翌一二八八年（正応元年）、一遍は故郷である愛媛県（伊予国）の道後に帰った。

これまでの旅の途中、私は故郷の話を一遍から飽きるほど聞かされてきた。彼があまりにしつこく語るものだから、私は一度も行ったことがないのに、緑の山裾に古くからの湯治場が点在する道後の景色や、故郷で暮らす一遍の親戚たちの風貌まですっ

かり思い描けるようになっている。

「あと少しで聖戒《しょうかい》に会える」

故郷が近づくにつれ、一遍が嬉しそうにそう言う回数が増えた。

聖戒は一遍の甥である。年齢は私と同じだ。

一遍はなぜか昔から、私のことを「ヒロ」と呼んで親しくしてくれたが、その理由のひとつに私が聖戒と同い年ということがあると思う。一遍はこの甥のことをやけに気に入っていて、旅の途中に嬉しそうな顔をしてよく語っていた。

一遍が遊行の旅に出た時、聖戒は後を追うようにして出家したのだが、遊行の最初にほんの少し同行しただけで、一遍に命じられて故郷に戻されている。

なんで聖戒に旅をやめさせたのかと聞いたら、一遍は照れ臭そうに言った。

「実家を守る者がいなくなるっていう事情もあったけど、本当のことを言うと、つらい遊行の旅に聖戒を巻き込むのが嫌だったんだ」

「なんだよ一遍。つらい遊行の旅に聖戒を巻き込むのは嫌でも、聖戒と同い年の私を巻き込むのは別に構わないっていうのかい？」

私が冗談でそう言うと、まいったな、と一遍は苦笑して答えた。

「ヒロが遊行に行きたいと言ったのは自分の意志じゃないか。聖戒は俺が無理やり家から連れ出してしまったからね。責任を感じているんだよ」

私たちは広島から船を出し、島伝いに航海して道後を目指した。季節は真冬だったが瀬戸内海の波は穏やかで、船足は順調だった。

松山の港に着くと、一遍の故郷の村人たちがこぞって迎えに来てくれていた。比類なき成功を収めた一遍の名声は故郷にも伝わっていて、その扱いはすっかり郷土の大スターだ。聖戒もその場にいて、一遍の姿を見ると真っ先に駆け寄ってきて、一遍の前にひざまづいて言った。

「叔父さん、ずっとお会いしたかった」

「おお、俺もだよ聖戒。お前のことが気になって、眠れない日も何度もあった」

初めて会った聖戒はとても感じがよく気持ちのいい男で、なぜ一遍が彼をいたく気に入っていたのか私にもすぐわかった。歳が同じということもあって、私はすぐに聖戒と仲良くなった。聖戒はしきりに私のことを羨ましがり、一遍の旅の様子を詳しく聞きたがった。

「叔父さんが旅先で何を見てきたのかを、僕に全部教えてくれないか」

ある日、一遍がいないところで聖戒が急に声をかけてきて、私にそう頼んだ。その態度がやけに真剣だったので理由を尋ねると、聖戒はこう答えた。

「僕は叔父さんと一緒に旅をしたかったんだ。それなのに、あれこれ理由をつけて無理やり故郷に戻されたからね。残念で仕方なかった」

「え？　一遍は君のことを無理やり家から連れ出してしまったって、申し訳なさそうに言ってたよ」

するとと聖戒は、やれやれと軽くため息を吐いた。

「まったく……叔父さんはいつもそうやって、自分に都合よく物事を解釈するんだ。本当は完全に逆なのに」

「そうなのかい？」

「そうだよ。相変わらず困った人だな。僕は叔父さんに憧れて、自分の意志で出家して強引に旅について行ったんだ。でも、叔父さんはそれをひどく嫌がっていて、僕の父に申し訳が立たない、お前はすぐに家に帰って河野の家を継ぐんだ、と言って僕の同行を拒んだんだよ。奥さんと娘に従者まで連れて行っているくせに、僕だけ帰すなんてひどい話だと思わないか？」

だからせめて、一遍の遊行の様子を詳しく知りたいのだと聖戒は言う。

「叔父さんが河野家のことを全部放り投げて遊行の旅に出ちゃった時には、親戚中が大騒ぎになったもんさ。自分自身はそんな無責任なことを平気でやっているくせに、僕には河野家を守れ、家を大事にしろ、って口うるさく言うんだ。本当に、どの口でそんなことを言えるんだと言ってやりたいね」

聖戒には申し訳ないが、私はこの話を聞いて、いかにも一遍らしいなと変に納得してしまった。一遍は、よく知らない人が見るといつも首尾一貫した行動を取っているように見えるが、実は心の中にとても大きな矛盾を抱えた男なのだ。

無責任のように見えて、誰よりも責任を感じている。

何もかも捨てたいと願いつつ、捨てることの痛みには人一倍敏感である。

阿弥陀仏を一途に信じながら、つい阿弥陀仏を疑いそうになっている自分の心の揺らぎもちゃんと自覚している。

彼はあまりにも鋭敏な感性を持ち合わせているせいで、大抵の人が気にもせずに終わるような微妙なことに気づいてしまうし、普通なら「まあいいか」で済ませるようなことにも徹底的に悩みぬいてしまうのだ。聖戒と実家に対するこの矛盾した振る舞いも、相反する事柄すべてに誠実であろうとする一遍の生真面目さが引き起こした、苦渋の末の「八方美人」なのだろう。

そんな一遍の煮え切らない姿は、一遍を尊敬してやまない聖戒にしてみれば歯がゆくて仕方がないようだ。

「本当に、叔父さんはどうしようもない人だ」

「でも聖戒、君はそんな一遍が好きで好きで仕方ないんだろ？」

「ああ、そうさ。放っておくとすぐ死んでしまいそうな叔父さんのことを考え始めると、僕はいつも仕事が手につかなくなる」

「ははは。そうか、それじゃあやっぱり、一遍は無理やり君を遊行の旅に連れ出したようなものだね。私だって一緒さ。一遍に心を鷲掴みにされて、遊行に行かざるを得ないような心にされてしまった」


それにしても、一遍の故郷に行って初めて、時衆たちの前で見せているのとはまた違った、一遍の新たな一面を見ることができた気がした。

あらゆる我執を捨てた捨聖だと思っていた一遍は、故郷に帰ればただの口うるさいおじさんで、聖戒に対して勝手な指示を強引に押しつけていた。一遍は、聖戒に対する執着心をちっとも捨てきれていなかった。

つまりこの人は、富や名声ならば簡単に捨てられるけれども、愛してしまった人はどうしても捨てられないのである。だから、遊行を始めた時にも妻と娘を連れて行くという煮え切らない行動に出ているし、聖戒に対しても昔からそんな態度なのだろう。一遍にとって、家族とは一番の幸せであると同時に、一番の心を乱す原因でもあるのだ。

そういえば一遍が昔、こんなことを言っていたのを思い出した。

「仏道修行を妨げる魔物には、逆魔と順魔がいるんだ」

「逆魔？」

「ああ。俺の精神を痛めつけて、バカバカしいからこんな修行なんてもうやめちまえよ、と俺の心を折ってくるのが逆魔——例えば疲れや病気、飢えとかだな。反対に、俺の心に寄り添って、修行なんてやめてよ、ねえお願いだから、と甘い言葉で引き留めてくるのが順魔なのさ。例えば……家族とか恋人とか、そういう存在だね」

つまり、一遍にとって聖戒は順魔にほかならないということだ。

「逆魔と戦うのは苦しいけど、負けてたまるかというガッツが湧いてくるからむしろ対処はしやすい。でも、順魔のほうを克服するのは本当に大変なことなんだ。君ならわかってくれるだろ、ヒロ？」

## 運命の一二八九年

生まれ故郷である道後に戻った一遍は、若い頃に修行した菅生の岩屋寺を再び訪れてみたり、父から相続した浄土三部経を繁多寺《はんたじ》に奉納したりと、慣れ親しんだ故郷でくつろいだ日々を過ごした。

空也ゆかりの市屋道場でのシークレットライブと、それに続く厳島神社をはじめとする巨大寺社ツアー。休む間もなく大きな公演を続けてきた私たちにとって、道後での滞在は久しぶりのまとまったオフだと言えた。

そんな穏やかな日々のうちに一二八八年は過ぎていき、とうとう運命の一二八九年が来てしまった。

この年に、一遍は亡くなる。

それが何月なのかまではわからないが、日本史の教科書に記された「一遍（一二三九―一二八九）」という歴史的事実から逃れることはできない。

ただ、正月を迎えた時点では、とてもこの年に亡くなるとは思えないほどに一遍は元気だった。

年齢は五一歳。見た目はもうすっかり老人で、踊り念仏は私たちのような若手に任せて、自らステージに立つことはほとんどなくなった。それでも一遍の気力は十分で、今回は時衆を引き連れて、再び故郷を離れて自分の足で遊行の旅に出発したのである。今回は聖戒も一緒だった。

聖戒が、今度こそは絶対に一緒に遊行に出たいと懇願すると、一遍は嫌がるかと思いきやあっさりとOKを出した。聖戒は涙を流さんばかりに喜んだが、このあとに一遍がすぐ死ぬことを知っている私は複雑な心境だった。

きっと一遍は、自分がもう長くはないことをなんとなく感じ取っていたのだと思う。それで、最後の思い出として聖戒に同行を許したのだ。

愛媛県を出て香川県（讃岐国）に入ったあたりまでは順調だった。

我々は善通寺と曼荼羅寺《まんだらじ》に参詣し、さらに西を目指したが、徳島県（阿波国《あわのくに》）の大鳥という里に着いたところで、一遍は急に気分が悪いと言い出して何日間か寝込んでしまった。

近所の寺に泊めてもらって横になったら、幸いなことに一遍の体調はすぐに回復した。だが、それまで十年以上もの間、ほぼ毎日のように遊行の旅で歩き続けてきたような老人がいきなりその習慣を絶たれてしまうと、たった数日寝たきりになっただけでも一気に体が萎えてしまうらしかった。

療養明け、再び出発した一遍は明らかに弱っていた。

道後を出発する前は、弘法大師の足跡を辿ろうといって徳島から海岸沿いに高知県（土佐国《とさのくに》）に行き、四国を一周して愛媛に戻るかなどと気楽に話していたのだが、この足取りではとても、そんな徒歩の旅を続けられそうにはなかった。

それでも一遍は旅を続けると言い張り、このまま一つの場所に留まり続けることを嫌がったので、仕方なく私たちは船旅に切り替えることにした。徳島の港から船に乗って、淡路島に沿って北東に進む。

そうしてなんとか、五月に兵庫県（播磨国《はりまのくに》）の明石までやってきたのだが、そこで

とうとう一遍は一歩も動けなくなってしまった。一遍がまるで他人事のように、あっさりと自分から、

「これはもう、長くはねえな。俺はもうすぐ死ぬぜ」

などと言うので、ついにその時が来たかと私も覚悟を決めざるを得なかった。

一遍は最初、二年前に訪問した印南野《いなみの》の教信寺《きょうしんじ》が素敵だったのでそこで死にたいと希望した。だが、この容態ではとてもそこまでは移動できそうにない。一遍もとうとう諦めて、

「どこの土地で死んでもどうせ一緒だな。ならば阿弥陀仏のご縁に任せようか」

と言った。それで、すぐ近くの兵庫観音堂に行くことがよかろうということになり、交替で一遍を背負いながらそこに向かった。

私も何度か一遍を背負って歩いたが、それが驚くほどに軽く、骨と皮ばかりの感触だったものだから、私は胸が締め付けられるような思いがした。

兵庫観音堂にたどり着いた一遍は床につき、もはや助けがなければ上半身を起こすことすらできなくなっていた。

終わりの時が、近づいていた——。

## 最後に捨てるもの

本当にうんざりしてしまうのだが、一遍がもう長くないという噂が流れると、近所の有力な豪族やら僧やらが、記念に最後の教えを受けようとか、何か形見の品をもらい受けようとか、そういう浅ましい考えでわらわらと集まってきた。

そんな連中は我々が片っ端から追い払ったが、心底情けなくなったのは、共に旅をして、一遍の心を一番よく知っているはずの時衆までもが、一遍の形見を誰が譲り受けるかで内輪揉めを始めたことだった。このくだらない争いに加わらなかったのは、他阿や聖戒といったごく一部の人間だけだ。

そうは言っても、一遍は「捨聖」である。形見になるような物などほとんど持ってはいない。彼のボロボロの十二光箱と、その中に収められた書籍、粗末な鉢や筆といったわずかばかりの道具が、時衆たちの争奪戦の対象になった。

しまいにはそれらの道具を相続する「予約」を宣言する者が現れ、そんな勝手な予約が許されるか、全員でクジ引きで決めよう、などとみんなが殺気立って真剣に議論を始めたので、私はとうとう耐えきれなくなった。

「そんな争いを一遍が望んでいると思うのかよ！　お前ら、一遍と旅をして何を学んできたんだ？　時衆として恥ずかしいとは思わないのか？」

思わず一喝して、そのくだらない揉め事をやめさせた。

そんな間も一遍は、淡々と臨終に向けた身辺整理を始めていた。八月二日には枕元に時衆を集めて遺言を告げた。その中には、

「絶対に、俺の後追い自殺はするな」

というものも含まれていた。

この時代は、ほんの少しの病気やケガで実にあっさりと人間が死ぬ。

そのせいか、誰もが心の片隅にいつも「生きているほうが奇跡」というような、どこか諦めに近い心情を抱いていて、驚くほどに人間の命が軽い。平均寿命がとても短く、長生きしてもせいぜい五〇歳あたりで死ぬと誰もが思っているので、二〇代の人間が、

「まあ、どうせ人生はもう半分終わっているんだし」

などと言って、些細なことで残りの人生を簡単に放り投げてしまう。

主君が死んだら家臣が後を追って死ぬという、現代人からすると信じられない殉死の習慣も、彼らにとってはごく普通のことだ。そのため、一遍が死んだら自分も死ぬと公言する人間が後を絶たなかった。だが、誇らしげにそう言う者たちを一遍は叱り

つけた。

「それが阿弥陀仏の本願だとでも思うのか。阿弥陀仏のご縁で授かった定命《じょうみょう》を己の手で勝手に捨てるなど、俺は断じて許さない」

私にしてみれば一遍の叱責は至極まっとうなものだったが、時衆たちはどこか不服そうな様子で、一遍の遺言を渋々受け入れた。


一日のほとんどを横になって眠っていたが、一遍は朝の勤行《ごんぎょう》だけは絶対にやめようとしなかった。骨と皮だけになった体で、周囲の人に支えてもらいながらゆっくりと本堂まで歩き、観音像の前に座って合掌し念仏を唱える。無理はしないでくれと私が頼んだら、

「長年続けている習慣をやめる方が、むしろ調子が狂う」

と言って笑った。

その勤行が終わると、決まって時衆たちが周りを取り囲み、この先自分たちはどうすればいいのかとか、阿弥陀の教えをもう一度聞かせてくれだとか、貴重な最後のお言葉をもらおうと我先に一遍に迫った。

もう、放っといてやれよ——

私は時衆たちの身勝手さが無性に腹立たしかった。

一遍は捨聖だ。人間関係の煩わしさから逃れるために、わざわざ財産も愛する人も捨てて旅に出た男だ。そんな男に、なんで死の寸前まで自分たちのくだらない相談事を持ち込むのか。

一遍は体も苦しいだろうに、そんな時衆たちの身勝手な訴えを面倒くさがりもせず、すべて親身になって相談に乗ってやっていた。一遍が頼られると絶対に放っておけない男であることを、みんながわかっているのだ。わかった上で一遍の優しさに甘えようとする、時衆たちの浅ましさが私は本当に恥ずかしかった。

するとある日、その日の勤行を終えた一遍に向かって、一人の時衆が言った。

「上人さま、最後にひとつだけお願いがございます。これからの人生の標《しるべ》として、私はどうしても、敬愛する上人さまの形見をいただきたいのです。ぜひ何卒、上人さまが肌身離さずお持ちになっていた、あの――」

言い終わる前に、私はその時衆の胸ぐらを摑んで怒鳴りつけていた。

「ふざけんなよ！　上人の前でその話はするなと言ったろうが！」

「な、なぜですか！　私は、上人さまを心からお慕いする気持ちでそう申し上げているのです。この正直な真心をお伝えすることが、どうしていけないのですか！」

「正直な真心であれば、何をやっても許されると思うなよ！　そういうくだらない執着心を捨てようというのが、一遍上人がずっと追い求めてきたことだろうが！　上人とずっと一緒にいたくせに、なぜそれがわからない！」

するとー遍が骨ばった細い手を伸ばし、私を制止した。

「もういい、ヒロ。その手を放すんだ」

「でも、一遍……」

「品物をめぐって争うなんて、虚しいことさ。揉め事の種になるくらいなら、きれいさっぱり分け与えてしまったほうが逆にスッキリするだろ」

私は、一遍もきっと一緒になって叱りつけてくれると思っていた。

だから裏切られたような気がして、私は思わず一遍を睨みつけていた。しかし一遍はそんな私にはお構いなしに、周囲を見回して声をかけた。

「おおい、他にも俺の形見が欲しいやつはいるか？　いたら手を挙げてみろ」

すると、大部分の時衆たちが後ろめたそうな顔をしつつも、結局はおずおずと手を挙げた。最後まで挙げなかった人間は聖戒や他阿など、ごくわずかにすぎない。

私はひとり憮然とした顔で腕を組んで、ふざけんなよ、絶対に手を挙げてたまるかと意地になってそっぽを向いた。

「わかった。それじゃあ今晩中に荷物を整理して、明日、俺が持っているものを全部お前らにくれてやる。それでもう、くだらないことで揉めるのはおしまいだ」

私たちは一遍の教えに従って、執着心をなくす修行をして暮らしているが、こと一遍本人に関することとなると話は別だ。我ら時衆は誰しも、一遍に対して抱えきれないほどの大きすぎる感情を抱いてしまっている。

その感情を、なんらかのアイテムの形で身近に持っておきたいと願うのは当然の欲求だと思うし、かく言う私自身、そりゃあ一遍の形見の品は欲しい。焦がれるほどに欲しい。

でも、それはきっと捨聖である一遍の信条に反すると考えたから、私はぐっと堪えて、そういう欲望を必死で押し殺してきたのだ。それなのに一遍自身があっさりと形見を配ると言い出したので、私としては到底納得がいかなかった。

「ヒロ、ちょっと肩を貸してくれないか。あと他阿も手伝ってくれ」

「何をなさるのですか？」

「他阿は、俺の十二光箱を持ってきてくれ。その中に、俺が遊行の間ずっと持ち歩いていた経典や書物が入っている」

おそらく一遍はこれから、明日の形見分けに向けた遺品の整理をするのだろう。私は一遍に肩を貸して、彼がいつも寝ている部屋に戻ろうとした。

「いや、そっちじゃない」

なぜか一遍は、まったく逆の方向を指さして、そちらに向かえと言った。

一遍は私に支えられながら観音堂を出て、そのすぐ隣にある庫裏《くり》に入っていった。そこではちょうど、いくつもの竈に火が入り、時衆たちの朝食の準備が進められている最中だった。

「一遍、こんな所にいないで布団に戻ろう」

「いいから」

するとと他阿が、一遍の十二光箱を持ってやってきた。一遍は満足げに頷くと、箱を開けて中に収められていたボロボロの経や書籍を取り出した。

「こいつらも、俺と一緒に長年旅をしてきた、相棒みたいなもんだ」

その黒ずんだ紙束が、私の目には光り輝く宝物に見えた。言うなればこれは一遍の分身のようなものだ。欲しい、と発作的に思った。

「ありがとな、相棒。南無阿弥陀仏」

「あっ！」

次の瞬間、私も他阿も、周囲で朝食の準備をしていた時衆たちも思わず声を上げた。最初は何が起こったのかわからず、ただ驚きの声が漏れただけだったが、事態を飲み込むにつれて、それは絶叫のような悲鳴に変わった。

一遍は、何ひとつ惜しそうな様子も見せず、その経典や書籍を次々と竈の火の中に投げ込んでいった。投げ込まれた紙束はあっという間に炎に包まれて、あっけなく真っ白な灰に変わっていく。

「な……なんてことを、上人さま！」

「明日、形見分けをしてくださると仰っていたではないですか！」

突然の出来事を聞きつけた時衆たちが慌てて竈の周りに集まってきて、一遍を取り囲んだ。だが、時衆たちが血相を変えて詰め寄っても、一遍は無視して書物を竈にくべる手を止めようとはしない。十二光箱の中身を全部火にくべてしまうと、その十二光箱も火の入った竈の上に無造作に置いて、焼き始めてしまった。

一通りの作業を終えると、一遍は背後にいる時衆たちのほうをくるりと振り返り、憎たらしいほどの無表情で、しれっと言い放った。

「ああ、俺はたしかにさっき言ったよ。『明日、俺が持っているものを全部お前らにくれてやる』ってな。でも、いま全部捨てちまったから、明日の俺はくれてやろうにも、くれてやる物がひとつもない」

その言い草に、その場にいた全員が唖然として何も言えなかった。

一遍は一同のその様子を見ると、いたずらっぽく得意げにニヤリと笑い、最後に残った托鉢用の陶鉢を頭の上に高々と持ち上げ、思い切り地面に叩きつけた。

一遍はパリンと粉々に割れた鉢の残骸を満足そうに眺めると、こう言って晴れ晴れとした表情で笑った。

「一代の聖教みんな尽き果てて、南無阿弥陀仏に成り果てた」

## 捨聖の最期

その翌日から、一遍はどんどん弱っていった。

時衆も、もう一遍の形見を巡って争うことはなくなったが、くだらない奇跡を一遍にこじつけようとするところなどは相変わらずだった。

「一遍上人、奇跡が起きました！　あの空をご覧ください、紫色の不思議な雲が西の空にかかっております！」

そんなことを言って大はしゃぎし、これは一遍上人をお迎えに来た阿弥陀仏のご来光に違いない、などと喜んでいる。

すると一遍は、つまらなそうに答えた。

「そんなことが起きてるなら、俺のご臨終ももう少し先だな。人生の終わりの時に、そんな都合のいい偶然が起こってたまるか」

最後の最後まで、一遍は自分を神格化し、むやみに崇めるのを嫌った。

「覚悟のできていない奴に限って、自分に都合のいい解釈で現実をねじ曲げて、本当の仏法を信じようとしないもんさ。実に馬鹿げているね。そんな奇跡になんの意味があるというんだ？　臨終の時はただ『南無阿弥陀仏』だけでいいじゃないか」

不機嫌な口調でそう言うと、自分の死後についてこう指図した。

「俺が死んでも、絶対に葬式なんて挙げるんじゃねえぞ。遺体は野に捨てて獣に食わせるんだ。とはいえまあ、在家の信者を追い返すのはかわいそうだから、そいつらの気持ちだけは受け取ってやってくれ」

結局、一遍の言ったとおり、その「奇跡」とやらが起きた日からしばらくの間、一遍は何事もなくピンピンしていた。


そうなると、一遍とのお別れはいつになるのだろう。

来てほしくない日ではあるのだが、心の準備もしなければならない。それで私たちは連日、落ち着かない日々を過ごしていた。それなのに一遍ときたら、

「いい武士と坊さんは、死ぬ時の姿を周囲には見せないものさ」

などと、私たちを煙に巻くようなことを言って楽しそうに笑っている。

「まったく。本当に最後まで、あなたには振り回されっぱなしだ」

私はそう言って、仰向けで寝ている一遍の背中に手を当てて起こしてやった。そのまま私の肩に手を回させ、一遍の腰を持ち上げて立たせる。もう衰弱して自力では立ち上がれないし、日中はぼんやりと意識が混濁したような状態になっていることも多

いというのに、この人は朝の勤行の時だけは嘘のように目に力が戻って、絶対にこの習慣を欠かそうとはしない。

するとー遍が、私の顔を見ながらしみじみと言った。

「なあ、ヒロ」

「なんですか？」

「南無阿弥陀仏は、嬉しいか？」

いきなりそんなことを言われて、私は咄嗟に答えられなかった。私が黙ってしまうと、一遍はハハハと笑いながら言った。

「他阿にそう尋ねたら、あいつは泣きながら『嬉しいです！』って答えたぞ」

「私は、他阿ほど覚悟が決まってませんからね」

いまになって思えば、この時の私の返事は本当に可愛くなかったと思う。

それなのに一遍は、むしろそれくらいの素直でない答えのほうが嬉しいとでも言わんばかりに、澄みきった表情で満足げに何度も頷いた。その表情を見ていたら、私はなんだか無性に寂しくなってしまった。

「でも、一遍と出会えたのもこの南無阿弥陀仏のおかげですから、本当に南無阿弥陀仏ですね」

「ああ、そうだな。南無阿弥陀仏、南無阿弥陀仏だ」

そんな意味不明な会話をしながら、私はほとんど一遍を抱きかかえるようにして、本堂のご本尊の前まで連れていき、いつもの筵《むしろ》の上に座らせた。もはや背骨で自重を支えるほどの力も残っていないはずなのに、姿勢が崩れることなく一遍が毎日ちゃんと座れているのが、本当に不思議でならない。

その後、仏前に線香を捧げ、みんなで声を合わせて、いつものように南無阿弥陀仏と唱和した。

そんな勤行がいつものように終わると、私は立ち上がって一遍のもとへ行き、来た時と同じように肩を貸して布団に戻らせようと手を伸ばした。

一遍の腕を取った時、そのあまりの冷たさに、私は一瞬ぎょっとした。

そして次の刹那。それまでちょこんと座っていた一遍の体が静かにバランスを失い、力なくどさりと横に崩れ落ちた。

「死んでる……」

その臨終の瞬間を誰にも気づかせることなく、朝の勤行の途中に、合掌したまま念仏を唱えながら往生を遂げる。

本当に、一遍はその最後の死にざままで、まさに一遍そのものだった。

# エピローグ　一遍踊って死んでみな

## 一遍の葬儀

一遍が体調を崩したのが、二か月ほど前の夏の盛りのこと。そこからまるで、移り変わる季節に歩調を合わせるようにして、ゆっくりと時間をかけて誰もが心の準備をしていたはずだった。

だが、それでも時衆の動揺は激しかった。

「なんでだ！　あれほど一遍が、後を追うのはやめろと言ったのに！」

一遍が死んだその日の夜、時衆のうちの七人が観音堂のすぐそばの海に身を投げて死んだ。

その七人と親しかった者によると、たしかに一遍上人からは後追い自殺を禁じられていたが、それでもどうせ一遍のいない人生に何の希望も持てないから一緒に死のうと、彼らは以前から秘かに示し合わせていたらしい。

「本当に、お前らは一遍から何を学んできたんだよ……」

はっきり言って、一遍の後を追って死にたいという気持ちの強さでいったら、私は絶対そいつらに負ける気がしない。

だけどそれは一遍の信念に泥を塗る行為だから、歯を食いしばって私は必死にこの世に踏みとどまっているのだ。それなのに、なんの考えもなくあっさりと死んでしまった七人に対して、私は腹が立って仕方がなかった。

一遍は死ぬ寸前、葬儀なんてするなと命じていたが、そんな残酷な遺言を残して死ぬなんて、遺された私たちにしてみれば本当に迷惑な話だ。

愛する一遍の亡骸《なきがら》を野獣に食い荒らさせるなんて、私たちにそんな真似ができるわけがないだろう。一遍は本当に最後まで身勝手な男で、そんなところが本当に一遍だった。

結局、その遺言が守られることはなかった。死の翌朝に、一遍の遺体は観音堂の前の広場に組まれた薪の上に安置され、しめやかに荼毘《だび》に付された。

バカバカしいくらいに天気のいい日だった。

あの日に見た秋晴れの空の青さの、まるで嘘みたいな美しさを、私はたぶん一生忘れることはない。きらきらと輝く芒《すすき》の野原が、爽やかな秋風を受けてゆったりと揺れていた。

誰もが、例え話ではなく本当に滝のような涙を流していた。泣きじゃくり、がっくりと地面に崩れ落ち、声を合わせて唱える念仏も、込み上げる涙に遮られて途切れがちだ。もちろん私も泣いた。

岩手の寺で暮らしていた時に、この時代の火葬は飽きるほどに見てきた。

それは現代の火葬場のような、見えない窯の中で跡形もなく高温で焼ききってくれるような生易しいものじゃない。組み上げられた薪に火がつけられ、中に安置された遺体が赤い炎に包まれ、徐々に黒い炭に変わっていく姿が薪のすき間からわずかに見えるのだ。

あの時はまだ、出会って日が浅い村人たちの遺体だったからなんとか耐えられた。私の人生を救ってくれた、あの優しい一遍の体が炭になり、ボロボロと形を失って崩れていく様子に耐えかねて、私は地面に突っ伏し、思わず胃の中のものを全部吐き出していた。

――どうしてだ。どうすればいい。このやり場のない感情を。

ぐちゃぐちゃの頭の中で、とにかくこの悲しみ、苦しみから逃れたいと思った。私は必死になって、こういう時に自分はどうやって乗り越えてきたのか、過去の記憶をたぐった。

するとその時、私の頭の中に、聞き覚えのある大好きな声が響いた。

一遍踊って、死んでみな——

私は涙を拭い、ぐっと歯を食いしばると、膝に力を入れて立ち上がった。

そして観音堂の中まで走っていって、堂内の片隅に置かれていた鉦と小太鼓を小脇に抱えて広場に戻り、打ちひしがれる時衆たちの尻を蹴飛ばすように、ありったけの大声で叫んだ。

「踊るぞ、おまえら！　一遍上人が踊れと仰っている！　さあ立て！　踊れェ！」

そう叫んだ私の声は、嗚咽交じりでほとんど言葉になっていなかった。それでも何人かの時衆が、それを聞いて弾かれたように立ち上がった。地面にうずくまって慟哭していた聖戒と他阿も、ゆっくりと頭を上げて私の顔を見た。

「一遍踊って、死んでみろお前ら！　そして生きるんだ、阿弥陀仏と共に！」

私は抱えていた小太鼓をすぐそばの時衆に押し付けるようにして渡すと、手に持った鉦を激しく連打した。

その耳障りな金属音は、軟弱な時衆たちを叩き起こす目覚めのベルだ。

けたたましいベルの響きは彼らの頬をひっぱたき、一遍亡きあとも下を向くな、強く生きよと、彼らを悲嘆のまどろみの中から力ずくで救い上げる。

「思い出せ、一遍上人はなんと言った？　南無阿弥陀仏だ！　こういう時こそ、南無阿弥陀仏と唱えるんだ！」

まるで自分自身に呼びかけるように、私はありったけの大声で叫び続けた。

「俺たちはいつも阿弥陀仏と共にある！　六字の名号を唱えよ！　阿弥陀仏にすべてを捧げよ！　さあ止まっている時間はない、立て、お前ら！」

その時、信じられないことが起こった。

私の言葉に触発された時衆たちが、一人、また一人と念仏を唱え始めたのだ。その声は次第に数を増し、ついには、まるで大地を揺るがすような荘厳な響きに変わった。強い情念のこもった「南無阿弥陀仏」が分厚い音の壁となり、びりびりと辺りの空気を震わせる。

それは物理的には、何十人もの時衆たちの声帯が生み出した、単なる空気のバイブレーションにすぎない。だが、それはただの振動を超えて、私たちの心を、体を激しく突き動かした。

「南無、阿弥陀仏ッ！」

「南無阿弥陀仏！」

「南無阿弥陀仏！」

「なむあみだぶつ！」

それから私たちは、狂ったように念仏を唱え、踊り、叫んだ。いつ果てるともなく延々と踊り続け、気がつけば一遍を焼いた丸太の木組みもすべて真っ白い炭に変わり、その中にぽろぽろと、粉々になった一遍の骨片が散らばっていた。

「一代の、聖教みんな尽き果てて、南無阿弥陀仏に成り果てた……」

誰かがうわ言のように、そんなことをぼそりと呟いた。

## それぞれの道

「一遍上人の偉大な教えを、私たちは引き継いでいかねばならない」

一遍の葬儀の翌日、他阿がそう言い出した時、私はほんの少しだけうんざりした。

それと同時に、まあ他阿なら当然そう言い出すだろうなとも思った。

「そのためには、これまでのような遊行では駄目だ。一遍の賦算は人々の心に火を灯したが、一遍はその火を点けっぱなしでどんどん次に行ってしまった。その火に薪を足し続ける仕組みがなければ、せっかく灯った念仏の火もすぐに消えてしまう」

他阿が打ち出したのは、日本各地での念仏道場の設置という新たなプロモーション戦略だった。

我ら時衆はこれまで通りに全国ツアーを続けるが、これからはライブを行った地に念仏道場を作り、そこに指導者となるメンバーを残して踊り念仏を根付かせる活動をしようというものだ。

そのマーケティングは、たしかに理にかなっていた。

一遍は全国各地を巡り、人々を踊り念仏の熱狂の渦に叩き込んだが、結局はそれだけだった。浄土宗も浄土真宗も、開祖亡きあとに若い弟子たちがその教えを発展させて勢力を増やしていったが、一遍にはそもそも、教えを後の世に残すといった発想がなかった。

一遍という巨大な核を失ったいま、踊り念仏がこの先も生き残り続けるためには、個人のカリスマに頼らない組織の力が必要だった。他阿はビジネスセンスに長けた優秀な男だから、きっと見事にそれをやり遂げてくれるだろう。

「弘阿、もちろん君も来てくれるだろ?」

他阿はそう言って私に手を差し伸べてきた。だが、私はその手を取らなかった。

「どうしたんだ弘阿。君は踊り念仏をここまで進化させた一番の立役者だ。君がいなければ集客が成り立たないんだ。さあ一緒に行こう」

「すまない他阿。私はあなたと一緒には行けない」

私がきっぱりとそう言い切ると、他阿の顔がさっと青ざめた。なぜだと詰め寄る他阿に、私は憮然として答えた。

「あなたがやろうとしているのは、たしかに素晴らしいことだとは思う。だけど私とは方向性が違う」

「方向性？」

「一遍は、人生の最後にすべてを捨てた。本当に、ものすごい人だった」

他阿が、ありありと失望した表情で僕を見つめていた。私は構わず続けた。

「私は、そんな一遍の生きざまに惚れてしまったんだ。だから、一遍が捨てたものをもう一度拾ってやり続けることは、たとえそれが多くの人を救う素晴らしいことだったとしても、私にはできない」

「何を言ってるんだ弘阿！　一遍は念仏の力で人々を――」

「いや。一遍はもう、最後はそれすら捨てていたよ。それで本当に自由になって死んでいったんだ。最高の死にざまだった」

「弘阿――」

一遍は、自分の教えは自分一代限りのもので、他者が引き継げるようなものではないと考えていたのではないか――私は勝手にそう思っている。

一遍のパフォーマンスを形だけ真似はできても、そのカリスマ性は誰にも真似できない。それでも念仏は人を救うかもしれないが、一遍の声、一遍の言葉が生み出す狂熱、人々を衝動に駆り立てる不思議なエネルギーは、どう頑張っても一遍にしか作り出せないものだ。

だとしたら、私にとってはもう、踊り念仏は無用の存在だ。私は一遍とともに踊り、一遍がいなくなったいま、踊りをやめる。ただそれだけのことだ。

「一代の聖教はみんな尽き果てて、南無阿弥陀仏に成り果てたんだよ、他阿」

「弘阿！　そんなことはない。時衆は――」

「私はあなたの思いを否定はしないけど、参加もしない。いままで本当にありがとう」

私は席を立ち、自分の十二光箱を背負った。

他阿は出口に立ちふさがって私を止めようとしたが、私が黙ったまま悲しそうな目でじっと見つめていたら、気圧されたように何も言わず道を開けた。

さて、それで私はどうする。阿弥陀仏よ教えてくれ――。

## 新たなる決意

無数の赤とんぼが、道の両側に広がる野原の上を自由気ままに飛び交っていた。兵庫観音堂を出た私は港に向かっていた。四国に戻るためである。

私は、一遍の故郷である道後を目指すことにした。一遍亡きあと、故郷の岩手に戻ることや、にぎやかな京都で暮らすことも考えた。だが、一遍が生まれ育った地で、一遍の菩提を弔って残りの人生を静かに過ごすというのが、一遍に人生を変えられてしまった私にとって一番ふさわしい生き方だと思ったからだ。

海岸沿いの道をとぼとぼと一人で歩いていると、後ろから私を呼び止める声がした。振り向くとそこには、十二光箱を背負った聖戒が立っていた。

「聖戒？　どうしたんだ、その格好は」

「僕も抜け出してきたよ。一緒に行こう、弘阿」

「え？　でも、君まで抜けたら……」

私がそう言うと、聖戒はニッコリと笑って答えた。

「他阿は優秀なプロデューサーだ。彼ならきっと上手くやるさ。叔父さんは望んでないだろうし、僕も付き合うのはごめんだけど、世の中には他阿みたいな奴も必要だ」

それで、私たちは連れ立って道後に帰ることにした。

私は長いこと日本中を徒歩で旅してきたから、旅のやり方はもう体に染みついている。

この時代に地図アプリなど当然あるはずもなく、そもそも地図も手書きの怪しいものしか手に入らない。ほとんどの道は人間が数多く通ることで自然と踏み固まってできたものなので、時に雑草に埋もれて見えなくなってしまう。それでも、旅暮らしが長いと自然に方向感覚が鋭敏になり、この道は間違っているとか危ないというのが、なんとなく肌感覚でわかるようになる。

だから旅程自体はなんの困難もなかったのだが、私のこれまでの旅は何十人もの時衆と常に一緒だったので、たった二人だけの旅は初めての経験だった。

自力で托鉢し、泊まる場所を探すことの困難さと心細さは予想以上だった。これまでそれを一手に担ってくれていた他阿のありがたみを、私は改めて痛感することになった。


半月ほど旅をして道後に戻った私たちは、一遍の生家で一緒に暮らすことになった。めまぐるしく風景が変わり、会う人会う人が皆初対面だった遊行の日々と比べて、毎日代わり映えのしない道後での日々はとにかく静かだった。

そんな穏やかな暮らしを送りながら、私は長いこと聖戒と語り合った。話題はもちろん一遍のことだ。

聖戒は以前にも増して熱心に、それこそ朝から晩まで飽きることなく、私の中の一遍の記憶をしつこく聞き質した。その日も、夕飯を終えて二人でゆっくりと囲炉裏の火を眺めながら、私は一遍の思い出を聖戒に語った。

「どうしてそんなに、一遍の話を聞きたがるんだい、聖戒」

私がそう尋ねると、聖戒は答えた。

「だって、叔父さんはすべてを捨ててしまったから、僕らが叔父さんのことを覚えておいてあげなかったら、あの人の痕跡は何もなくなってしまう」

「でもそれだって、私たちが死んでしまったらおしまいだろ」

自分で口に出しておきながら、おしまい、の言葉がやけに恐ろしく感じた。

「ああ、そうだね。きっと叔父さんは、自分が死んだら自分の痕跡をこの世からきれいさっぱり消したかったんだ。そういう人だもんな。でも、そんなことになったら、叔父さんのことが好きでたまらない僕の気持ちはどうなる」

「一遍のことだ。『阿弥陀仏さえあれば他に何もいらないだろ、思い出なんて捨てろ』とか平気で言うんだろうな」

「本当に、僕らの気持ちなんてなにも考えちゃいない、困った人だ」

そう文句を言いながら聖戒は笑った。私も一緒になって一遍への愚痴をこぼしながら笑った。笑っていたらなんだか無性に寂しさが込み上げてきて、いつの間にか私はわんわん泣いていた。聖戒も声をあげて泣いた。

「うるせえよ一遍。私は君が好きなんだ。好きでたまらないんだよ！」

「そうだよ！　叔父さんは嫌かもしれないが、好きなものは仕方ないだろ！」

「君が生きた証を、私はこの世に残したいんだ。このまま君の記憶が風化して何も残らないなんて、そんなこと私は絶対に許さない！」

すると突然、聖戒が何かを思いついて、目を輝かせながら言った。

「ねえ弘阿。叔父さんがどんな生涯を送ってきたのか、僕らの手で記録を残すというのはどうかな。形のある物だとか、自分の教えとかを残すことは嫌がったけど、きっと、それくらいなら許してくれるだろ、叔父さんも」

聖戒がそう言った時、私の頭の中にひとつの画像が浮かんだ。

現代から持ち込んだ日本史の資料集に小さく載っていた、踊り念仏を描いた絵。たしかその絵の下には「一遍上人絵伝」というタイトルが書かれていた。

「そうだ！　聖戒、一遍の生涯を描いた絵巻物を作ろう！」

「絵巻物？」

「そうだよ。一遍の生涯と、各地を遊行して回った踊り念仏の様子を絵に描かせて、誰でもわかるような物語にして残すんだ！　そうすればその絵巻物が残る限り、一遍が一生かけて成し遂げたことは、後の世まで永遠に消えることはない！」

そう。そして私は、その絵巻が七〇〇年以上先まで残るということを知っている。しかも資料集には、一遍上人絵伝というタイトルの前に【国宝】の文字があった。

私が、聖戒と一緒に国宝を作る。

それは博物館に厳重に保管され、一遍の素晴らしい事績を「日本史」として永遠に後世に語り継いでくれる。私がこの手で、一遍の名を歴史に留めるんだ——

ぶるるっ！　と武者震いがした。

他阿は、一遍が遺した教義を体系化し、寺を作り教団を組織して、ばらばらに空中分解しかけた時衆をまとめて後の世まで残そうとしていた。他阿のそんなマネジメントはきちんと実を結び、私が日本史の授業で暗記させられた鎌倉新仏教の一派、「時宗」となって現代に至る。

だけど私はどうしても、その活動に参加する気にはなれなかった。かといって自分に何ができるとも思えず、道後の地で糸の切れた凧のように無為な日々を過ごしていた。だが、私はついに自分のやるべきことを見つけたのだ。

すると聖戒が、生き生きとした目つきで私に提案してきた。

「それなら弘阿。僕は一度、叔父さんのたどった道を全部、自分の目で見てみたい」

その言葉とまっすぐな瞳に、私は一瞬たじろいだ。

「それは……一生ものの大旅行になるぞ」

「むしろ望むところだ。だって僕はそもそも、叔父さんが止めさえしなければ、その旅に一緒に行っていたはずだったんだから」

「は……はは」

その旅の途方もなさに、最初は「馬鹿なことを言うな」と私は思った。

愛媛県を出発して三重県の熊野、長野県の善光寺を巡り、そこから東北をぐるっと一周して鎌倉に戻り、京都から奈良や広島の厳島神社を回って愛媛に帰ってくるという、徒歩で行くにはあまりにも壮大な道のりだ。

だけど――

「おいおい、私は二周目なんだぞ。そんな……でも……」

そう文句を言いながら、私は自分の顔に自然と笑みが浮かび始めているのに気づいていた。

「まあ、正確に言えば、私が時衆に加わったのは岩手からだから、前半はどんな旅だったのか、私も全然知らないんだよな。たしかに、一遍が何度も言っていた善光寺の二河白道図は、私も一度は見てみたいと思っていたし……」

そんなことをぶつぶつと言っている間に、もう自分の中で答えは出ていた。

「行くか！　二周目！」

そう言いながら、私は笑顔で聖戒に手を差し出した。聖戒がその手を取り、二人で力強い握手を交わす。

「でも聖戒、遊行の旅は本当にしんどいぜ。私は何度も死にかけた。時衆が何十人も連れ立っての旅でもそれだけ大変だったんだ。君と二人だけの旅じゃ、本当に死ぬかもしれない」

そんなネガティブなことを口にしつつ、私の心はもう旅の空に飛んでいる。

現代からタイムスリップしてきた身寄りのない私を拾ってくれた、岩手の住職にもう一度会って礼を言いたい。

執権・北条時宗は——もう何年も前に死んでるか。その他にも、一遍と共に歩んだ旅の途中で出会った、忘れ得ぬ数多の人たちがいる。彼らと再会して、一遍の思い出をもう一度語り合いたい。そして私は、それを聖戒と共に、いずれ国宝になる絵巻物にして残すのだ。

聖戒が、本心では旅に出たくてうずうずしている私の顔を見ながら、ニッコリと笑って言った。

「弘阿、死んだらどうせ、阿弥陀仏が極楽浄土に連れて行ってくださるんだぞ？　だったらそんな躊躇してないで、一遍踊って死んでみようぜ！」

（了）

# あとがき

あえて言うまでもないことかと思いますが、本作品は歴史上の人物を題材にしたフィクションでございます。くれぐれもこの小説を真に受けて「踊り念仏がこんなに激しいものだとは知りませんでした」などといった感想をネットに上げたりしないように。そんなのを見てしまったら私は泣きますよ。

史実を題材にした歴史小説というのは実に罪深いもので、書き手は史料に残っていない部分をかなり想像で補い、読み物として面白くなるよう勝手に脚色しているものなのですが、それを歴史的事実だと思ってしまう読者の方は意外と多いようです。私も過去作で時々「○○がこんな人物だとは知りませんでした」などという無垢な感想をいただくことがあるのですが、その都度、

「いや！　それは私の勝手な脚色だから！　私の情報源は半分以上ネットだから！　こんな嘘つきのホラ話を真に受けちゃダメよ！」

と頭を抱え、強烈な罪悪感に襲われるのです。

それもこれも、偉大な歴史小説の先達たちが「緻密な時代考証に基づく重厚でリアリティのある歴史小説」という一大ジャンルを築き上げ、「歴史小説を読めば歴史が

学べる」という高尚なブランドイメージを確立してくれた賜物ではあるのですが、そんな恵まれた環境で歴史小説を書かせていただきながら、一方で私は、

「講釈師　見てきたような　嘘をつき」

という川柳があるくらい、嘘だとわかった上で歴史物語を楽しんでいた江戸時代の人たちのほうが、よっぽど楽しそうなんだよなぁと思ったりもするわけです。

さて、そんなわけで私は、「歴史小説を真に受けてはいけない」をモットーに、史実を土台とする歴史小説を書く時には、作中のどの部分が創作であるかをあとがきで説明することを慣例としているのですが、本作の場合は……むしろどこが史実に基づいているかを書いたほうが早そうですね。

本作は、作中でも登場する「一遍上人絵伝（一遍聖絵《ひじりえ》）」と、「一遍上人語録」の内容を主にベースにしております。一遍の事績や旅の道程は史実を元にしていますが、それ以外の細部はもちろん全部私の創作です。特に、空也が遺した市屋道場でのライブ風景に至っては、一遍上人絵伝の絵ともかなり違ったものにしています（絵伝では道場の敷地にひときわ高い屋外ステージを組んでいて、その柱に子供がよじ登って遊んでいたりします）。私は、一次史料として残っている情報には極力嘘をつかないようにしているのですが、物語上の演出を優先させて、ここまで意図的に情報をねじ曲

げたのは初めてです。その程度の信用度の作品であるという点はご了承ください。

私がなぜ、一遍をはじめ、偉大な宗教家たちを馬鹿にしていると怒られても仕方ないこんな冒瀆的な小説を書いたのかというと、一遍のエピソードを知った時に、

「すげえロックな生き方だな」

と思ったのがすべての始まりでした。持っている書物を人生の最後に全部焼き払ってしまうところなど、まさに私が理想とするロックな生きざまです。

一方で私はロックが大好きで、音楽雑誌や洋楽のＣＤに入っているライナーノーツなどを楽しんで読んできたクチなのですが、この手の音楽系のライターが書く文章って、他ではまず見かけない独特の言葉遣いがあるんですね。海外のミュージシャンのインタビューの和訳も「君もそう思わないかい？」のような、実際の日常会話では絶対に使わないような言葉遣いで書かれていたりします。

それで昔から、そういう特有の言い回しってなんだか面白いなぁと思っていたわけですが、一遍のロックな生きざまを知った時に私の中でその二つが魔融合を果たし、

――じゃあ、音楽雑誌の文章のノリで、一遍の伝記を書いたら面白いのでは？

という、本当にどうしようもないアイデアが爆誕してしまったわけです。

私はこの構想を、ロック仲間の友人にも出版社の編集さんにも熱く語ったのですが、

誰一人理解してくれる人はおらず（当然です）、誰もが優しく微笑みながら「お前は何を言っているのか」と言いたげな顔で沈黙していたのを忘れられません。

ちょうどこの小説を書く直前、私は疲れきっていました。

私は有名な新人賞を獲ったわけでもなく、デビュー作がいきなり世間で大きな話題になるようなこともなかった泡沫小説書きです。そんな私が商業の世界で生き残るためには、とにかく売れる小説を書き続けるしかありません。

すでに十分な知名度があり、多くの固定ファンを獲得している作家であれば、これまで誰も知らなかったような、マイナーな歴史上の人物に光を当てるというタイプの小説を書いても売れるでしょう。ですが私のような無名の小説書きが、例えば見沼代《みぬまだい》用水を作った井沢弥惣兵衛《いざわやそべえ》の小説を書いたとして、あなたはそれを読みたいと思いますか？　そんなもの、書店で見かけても素通りして終わるだけでしょう。たとえそれが、読めばどんなにスリリングで面白い小説だったとしてもです。

過去作の経験から、歴史小説が売れるためには何よりもまず、誰もが知っている有名な歴史上の人物や事件を扱うのが一番なのだと私は痛感しました。それで、とにかく名の知れた人物や事件を書こう、何かいいネタはないかと血眼になって探し続けたのですが、自分の感情に蓋をしてそんな作業を続けているうちに、完全に息切れしてしまったのです。

そんな時に私の頭にふと蘇ってきたのが、ずっと前から心の奥底にしまっていた、この「音楽雑誌風に一遍の伝記を書こう」という馬鹿げたアイデアでした。

一遍の小説なんて、マイナーすぎて絶対に売れない。でも別にいいじゃないか、出版社が難色を示したら自腹で印刷して同人誌として売ろう、という開き直った気持ちで書いた本作は、いい歳こいて世間様にイタズラを仕掛けているような、本当に楽しいものでした。

本作が売れるかどうか、そんなものは知ったこっちゃありません。いずれにせよ、本作を書いている間、私は本当に生き生きとしていて本当に楽しかった。小説書きとしての意欲もすっかり回復できた。それがすべてです。

願わくば、そんな本作を皆様も楽しんでいただけることを祈っていますが、楽しんでいただけなくても私は一向に構いません。

だって、それもすべては阿弥陀仏のお導きですから。

二〇二三年一〇月

白蔵　盈太

本作品は歴史上の人物を題材としたフィクションであり、史実とは異なる部分があります。また人物造形は作者の想像により構築されております。

文芸社文庫

# 一遍踊って死んでみな

二〇二四年十二月十五日　初版第一刷発行
二〇二四年十二月二十日　初版第二刷発行
著　者　白蔵盈太
発行者　瓜谷綱延
発行所　株式会社　文芸社
〒一六〇-〇〇二二
東京都新宿区新宿一-一〇-一
電話　〇三-五三六九-三〇六〇（代表）
〇三-五三六九-二二九九（販売）
印刷所　TOPPANクロレ株式会社
装幀者　三村淳



ISBN978-4-286-25408-1

［文芸社文庫　既刊本］

白蔵盈太
## あの日、松の廊下で
浅野内匠頭が吉良上野介を斬りつけた本当の理由とは？　二人の間に割って入った旗本・梶川与惣兵衛の視点から、松の廊下刃傷事件の真相を軽妙な文体で描く。第3回歴史文芸賞最優秀賞受賞作。

白蔵盈太
## 義経じゃないほうの源平合戦
打倒平家に燃え果敢に切り込んでいく義経を横目に、頼朝への報告を怠らず、兵糧を気にする自分の情けなさ…。知略家の兄・頼朝と、軍略家の弟・義経、二人の天才に挟まれた凡人、源範頼の生きる道。

白蔵盈太
## 桶狭間で死ぬ義元
東に北条、北に武田、西に織田という群雄割拠の乱世において、今川家を隆盛に導いた義元。制度改革を行い、古臭い家風を変え、「海道一の弓取り」と称された名将は、雨の桶狭間で最後に何を想うのか。

白蔵盈太
## 関ケ原よりも熱く
天下分け目の小牧・長久手
本能寺の変で急死した信長が遺した「天下統一」という概念に気づいた時、秀吉と家康はどんな行動に出るのか。腹心の部下に支えられ、知略を尽くす二人の武将の、関ケ原よりずっと熱い、真の大一番。